KB267631

에게 드립니다.

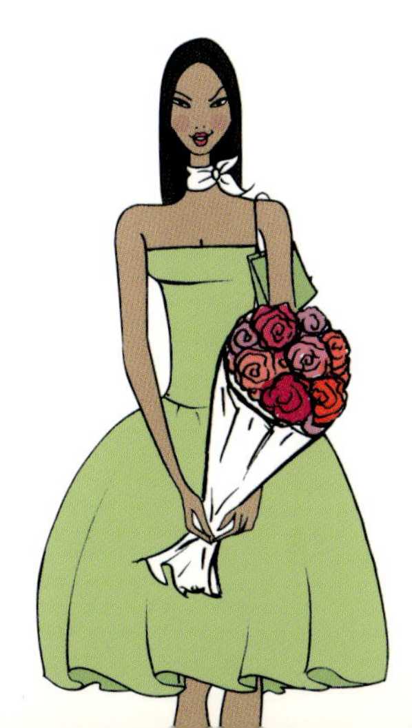

에게 드립니다.

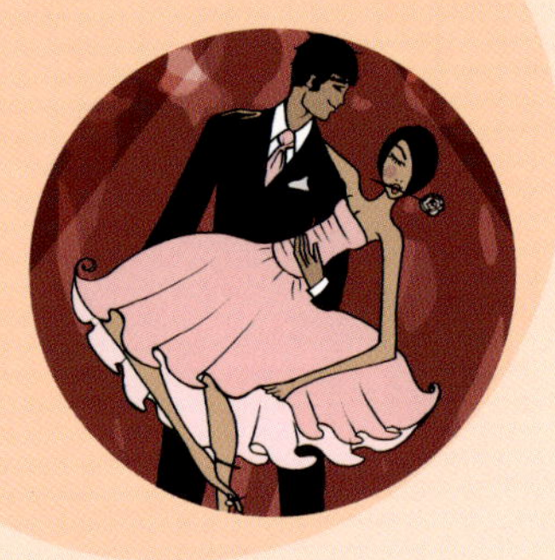

Life's Little Delights
by Megan Hess

Copyright © 2003 by Megan Hess
All rights reserved.

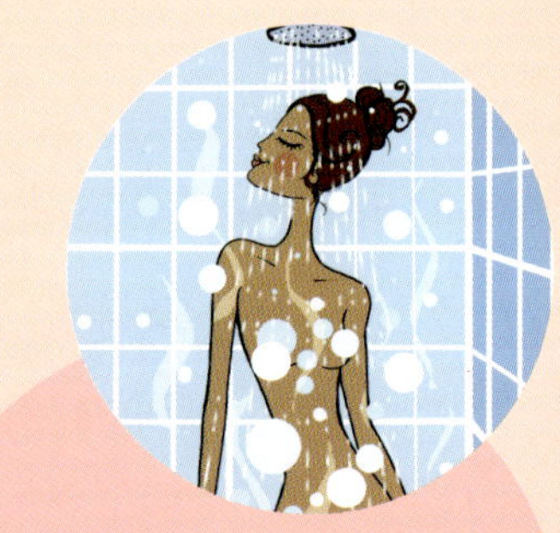

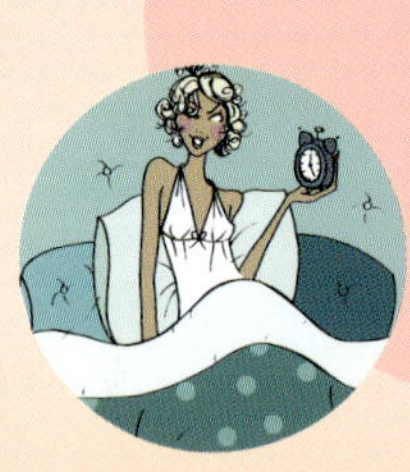

난 이럴 때 행복해

미건 헤스 글·그림 | 이혜경 옮김

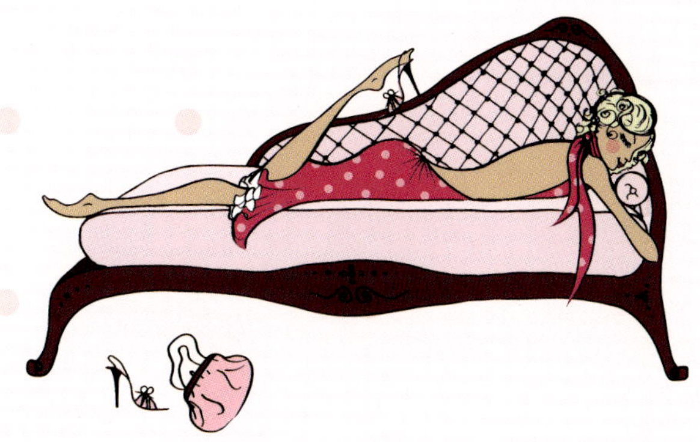

나무생각

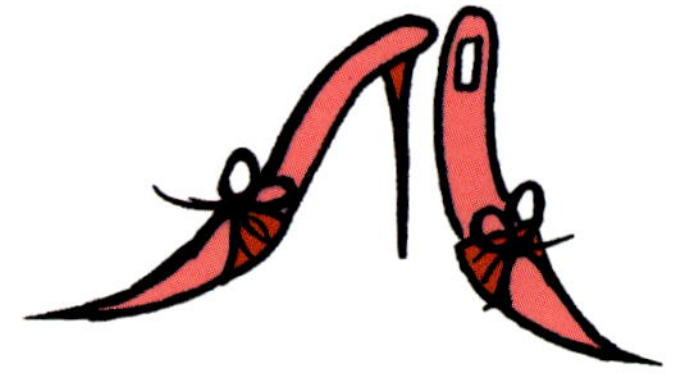

Finding the perfect pair of shoes

마음에 쏙 드는 구두를 발견했을 때

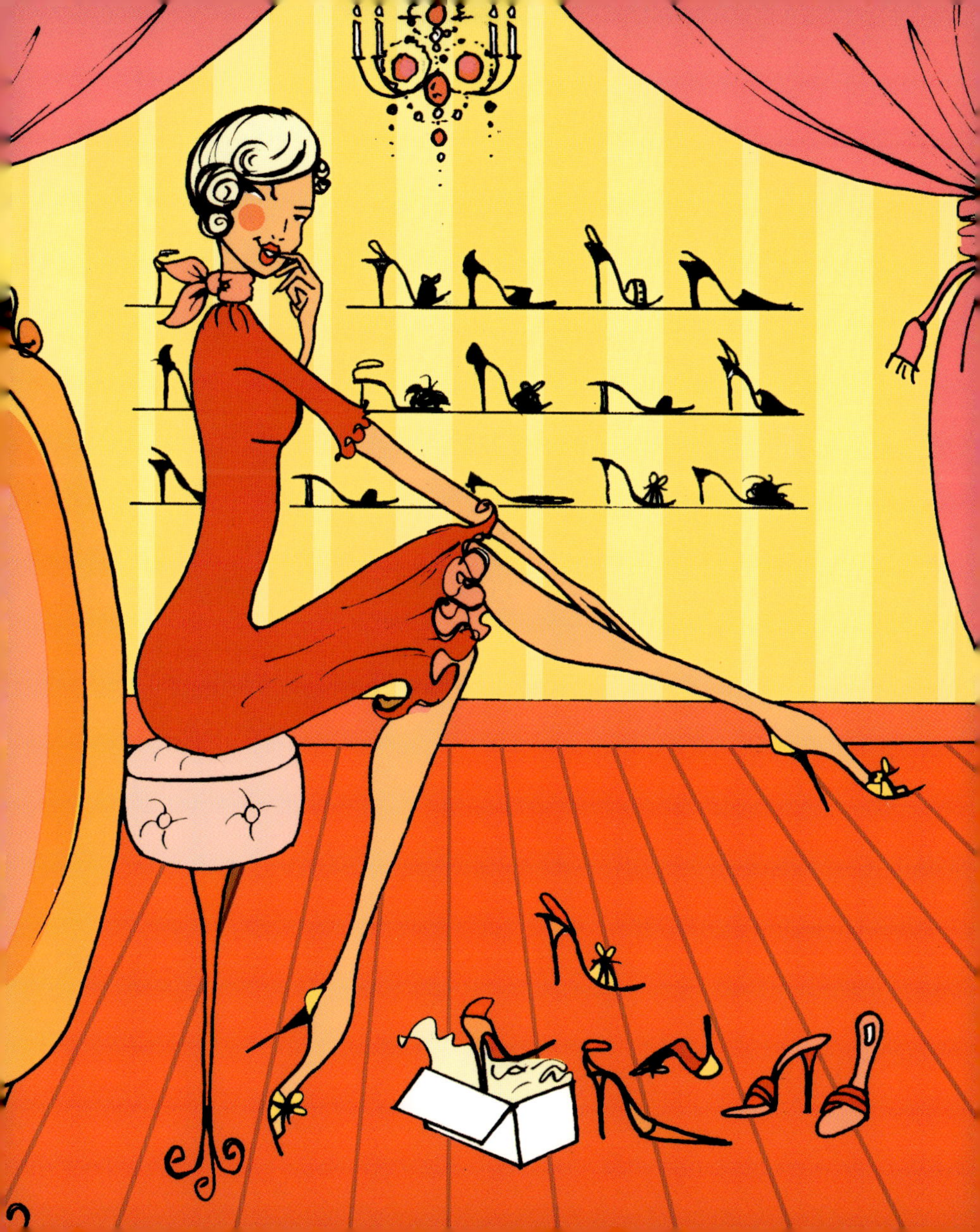

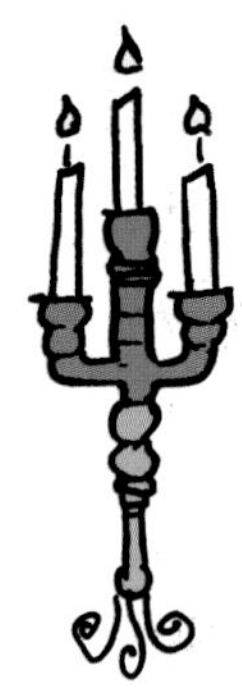

Soaking in the tub with scented candles

향기나는 초를 켜고 욕조에 몸을 푹 담글 때

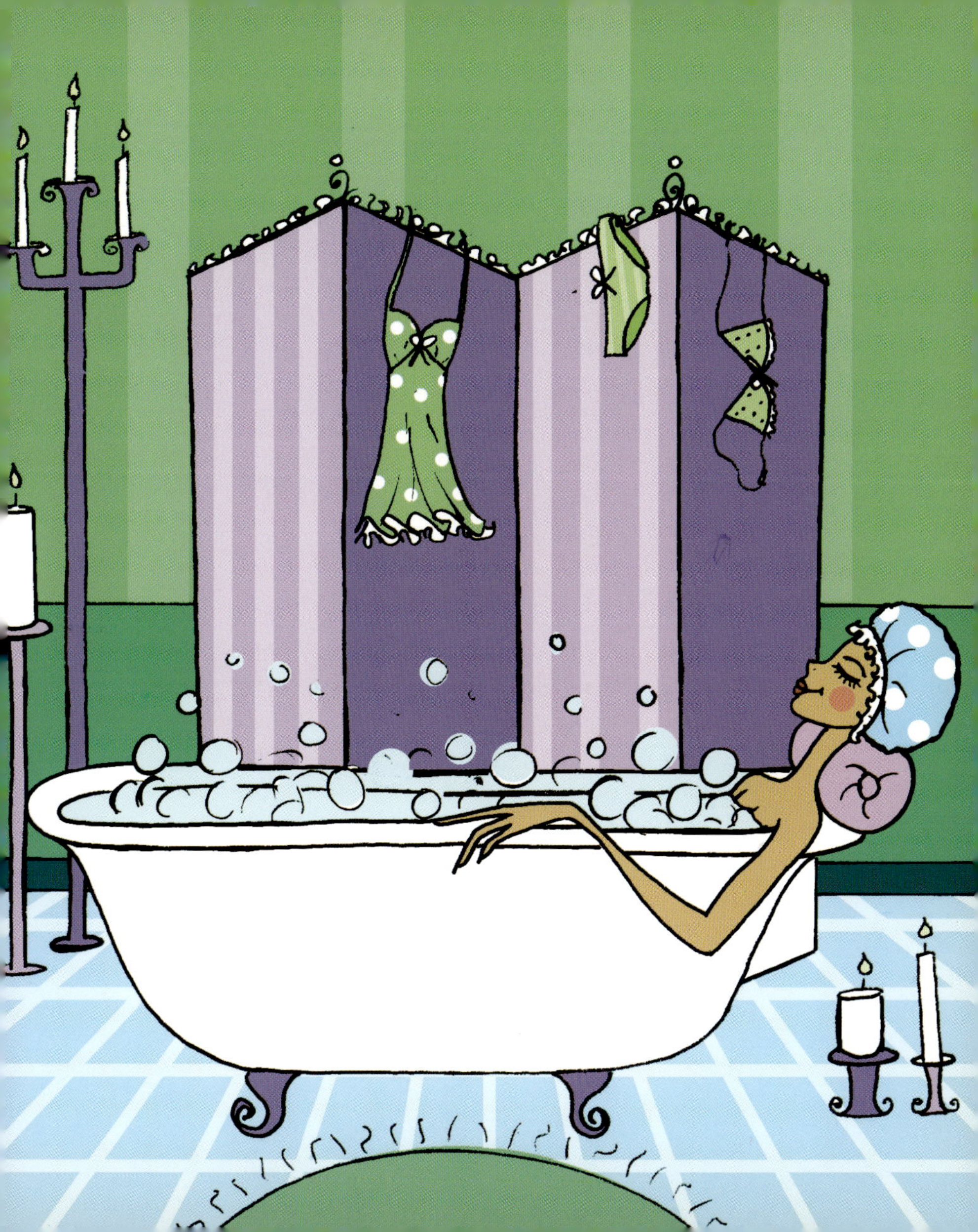

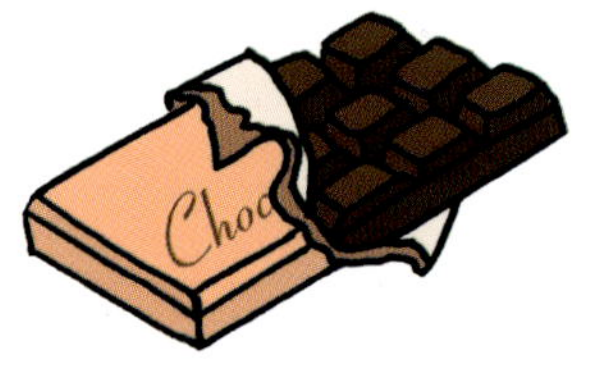

Eating chocolate

초콜릿을 먹을 때

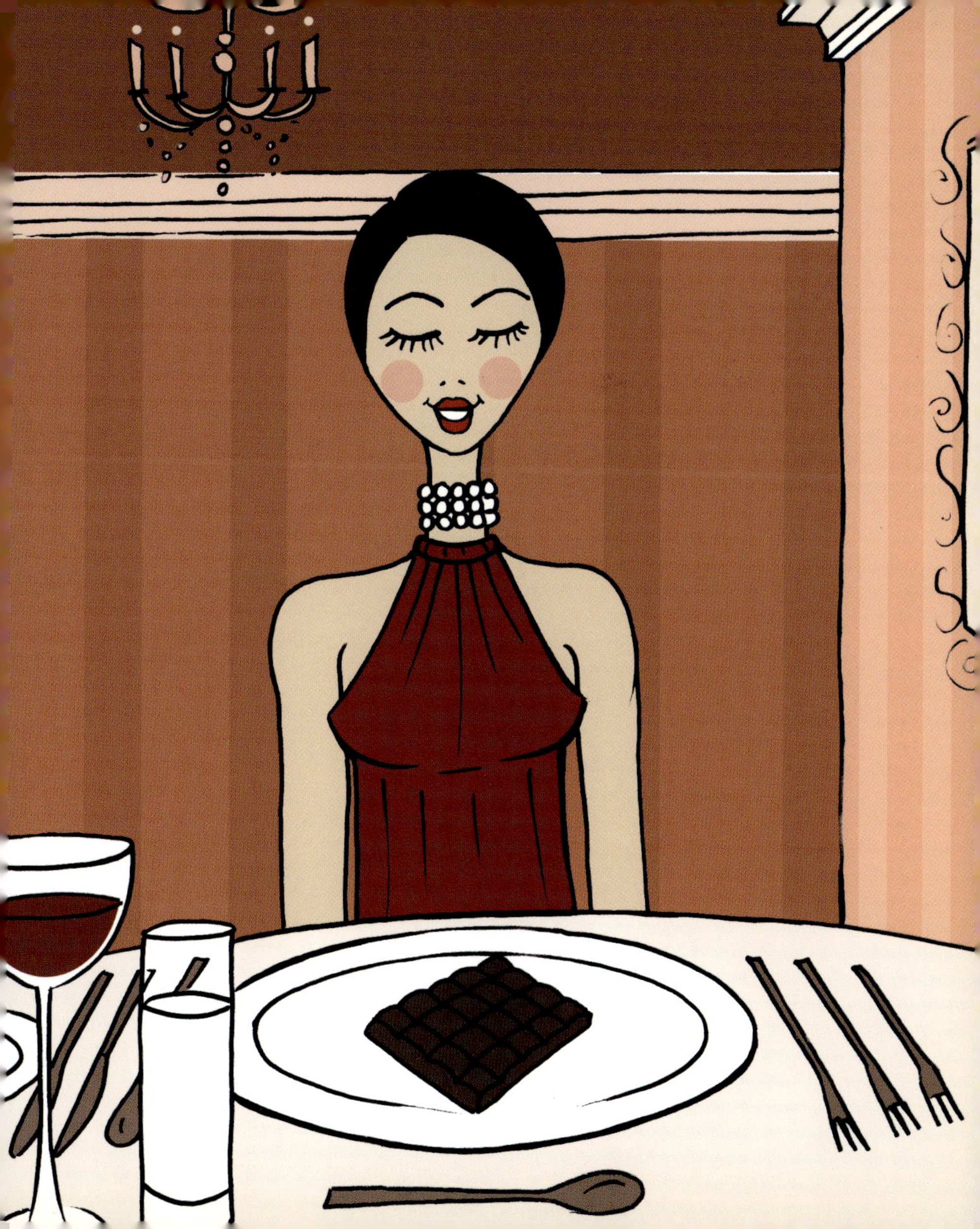

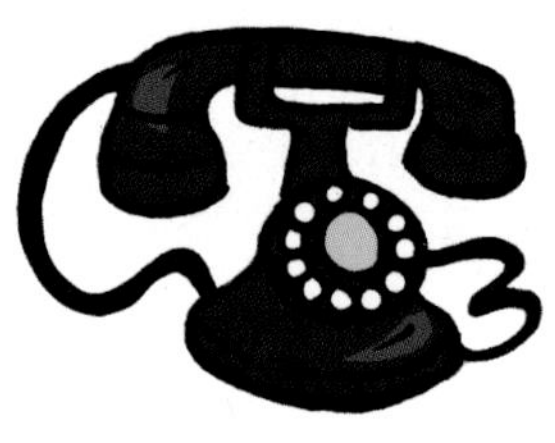

Hearing from an old friend

오랜 친구에게서 연락이 왔을 때

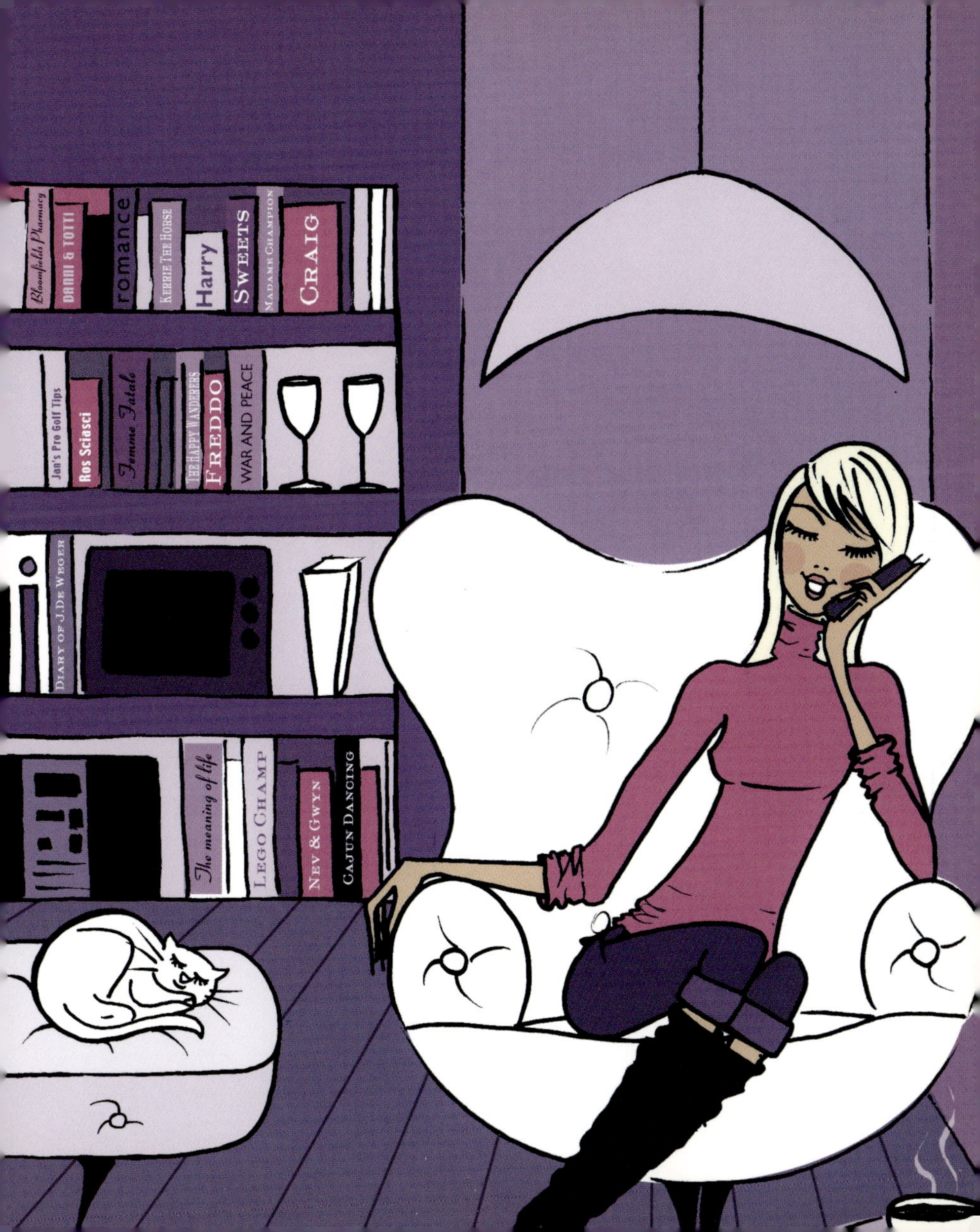

Bloomfields Pharmacy
DANNI & TOTTI
romance
KERRIE THE HORSE
Harry
SWEETS
MADAME CHAMPION
CRAIG
Jan's Pro Golf Tips
Ros Sciasci
Femme Fatale
THE HAPPY WANDERERS
FREDDO
WAR AND PEACE
DIARY OF J. DE WEGER
The meaning of life
LEGO CHAMP
NEV & GWYN
CAJUN DANCING

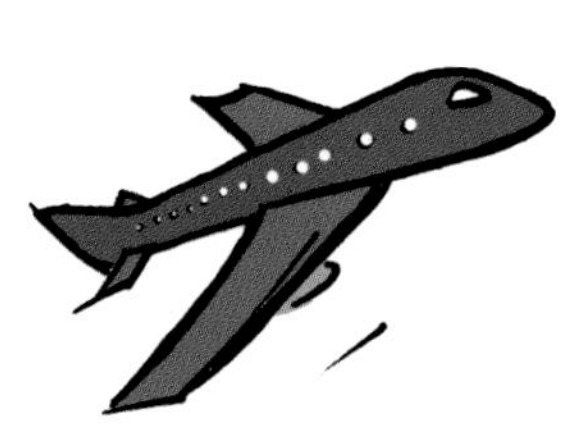

Leaving work to go on holiday

일을 훌훌 털어버리고 휴가를 떠날 때

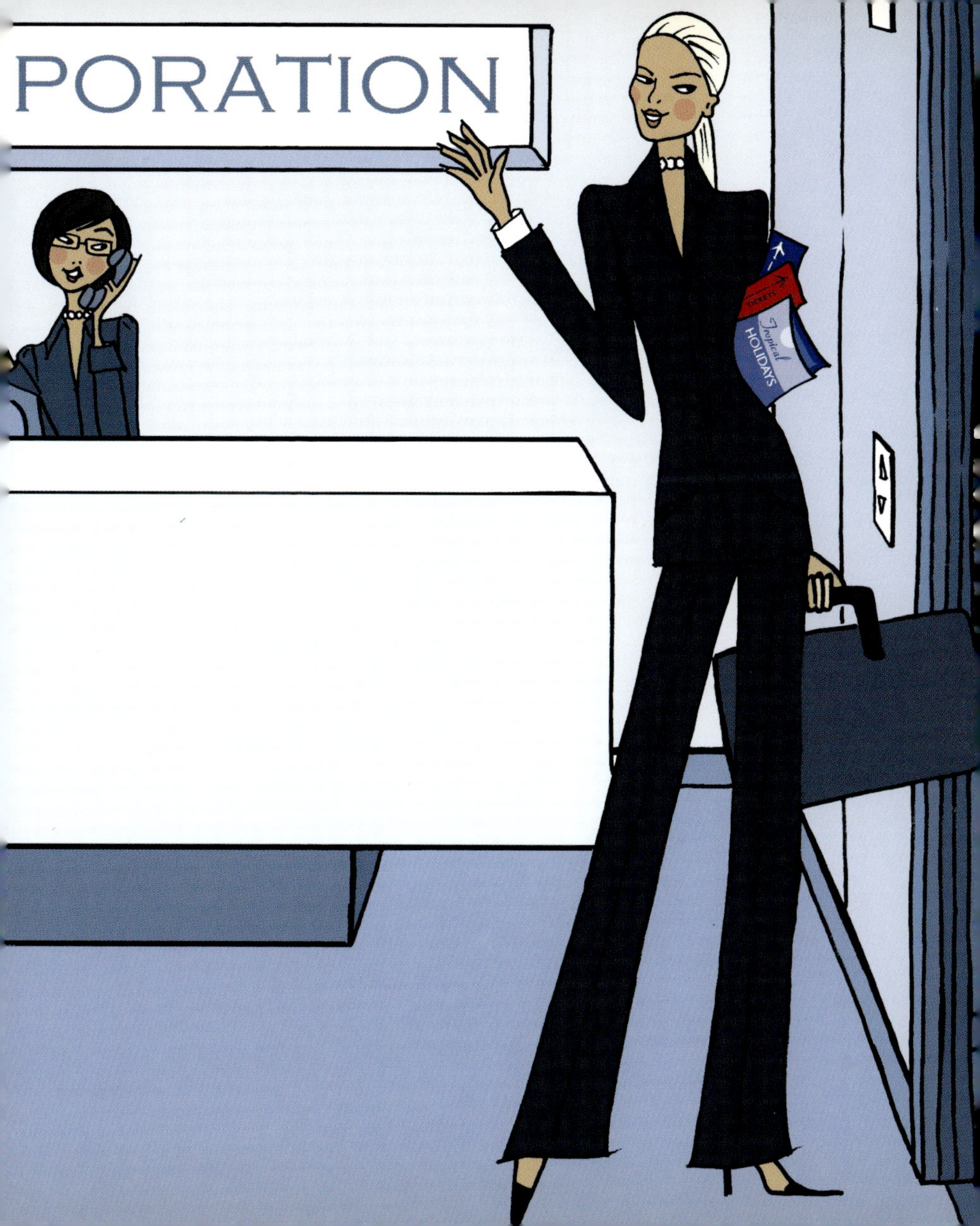
PORATION
TICKETS
Tropical
HOLIDAYS

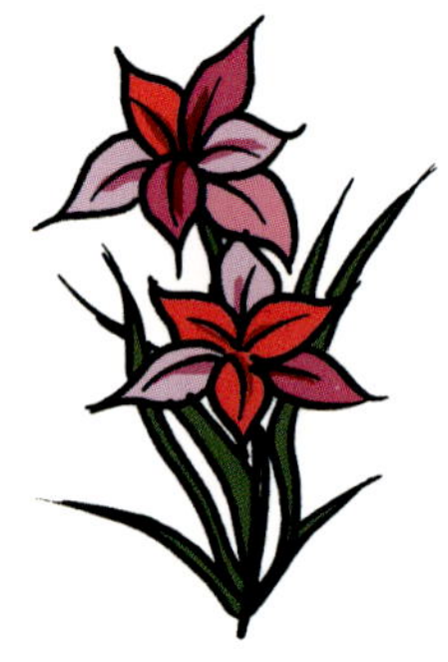

Treating yourself to a bunch of flowers

나를 위해 꽃 한 다발을 살 때

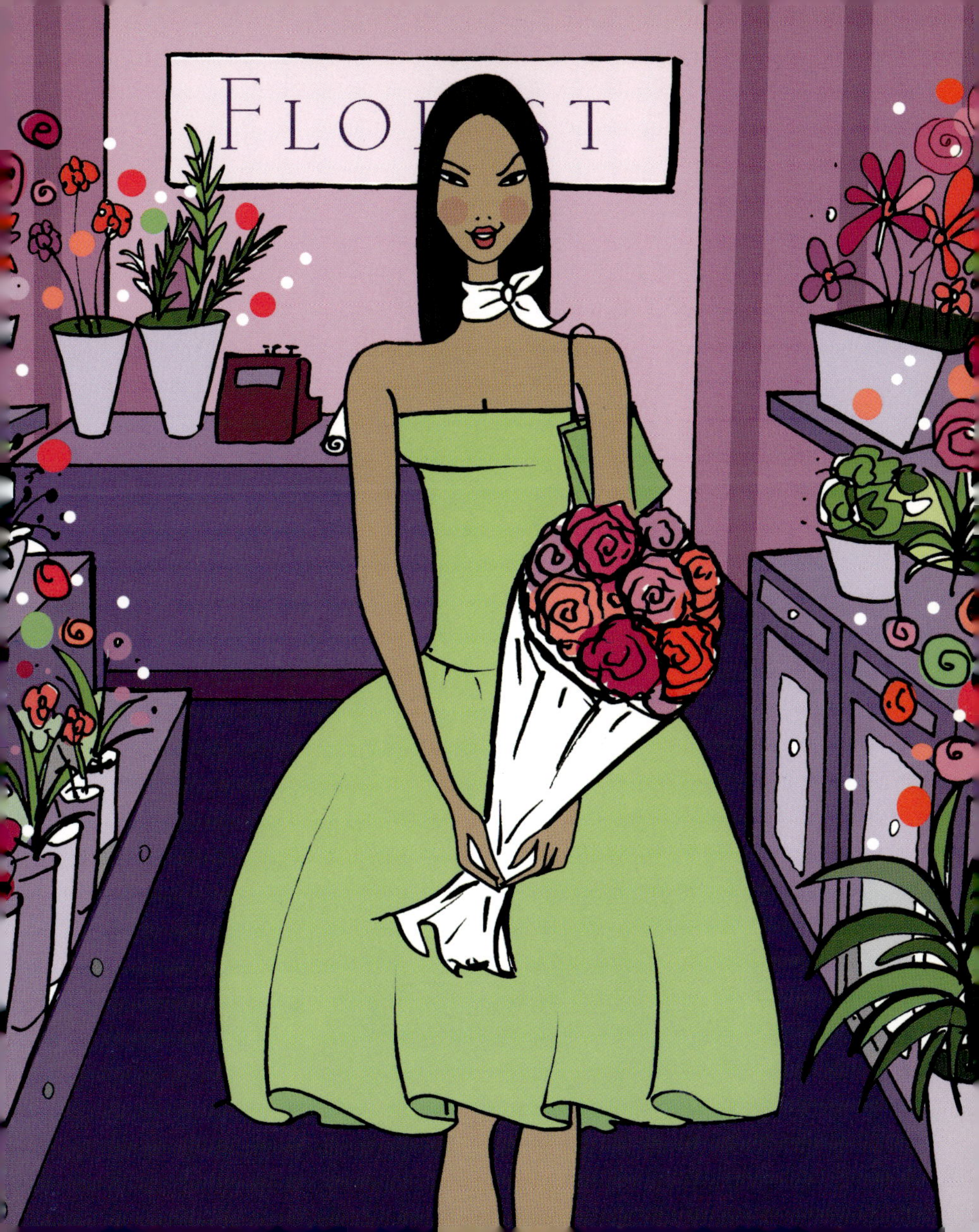

FLORIST

Hearing your favourite song on the radio

라디오에서 내가 좋아하는 노래가 나올 때

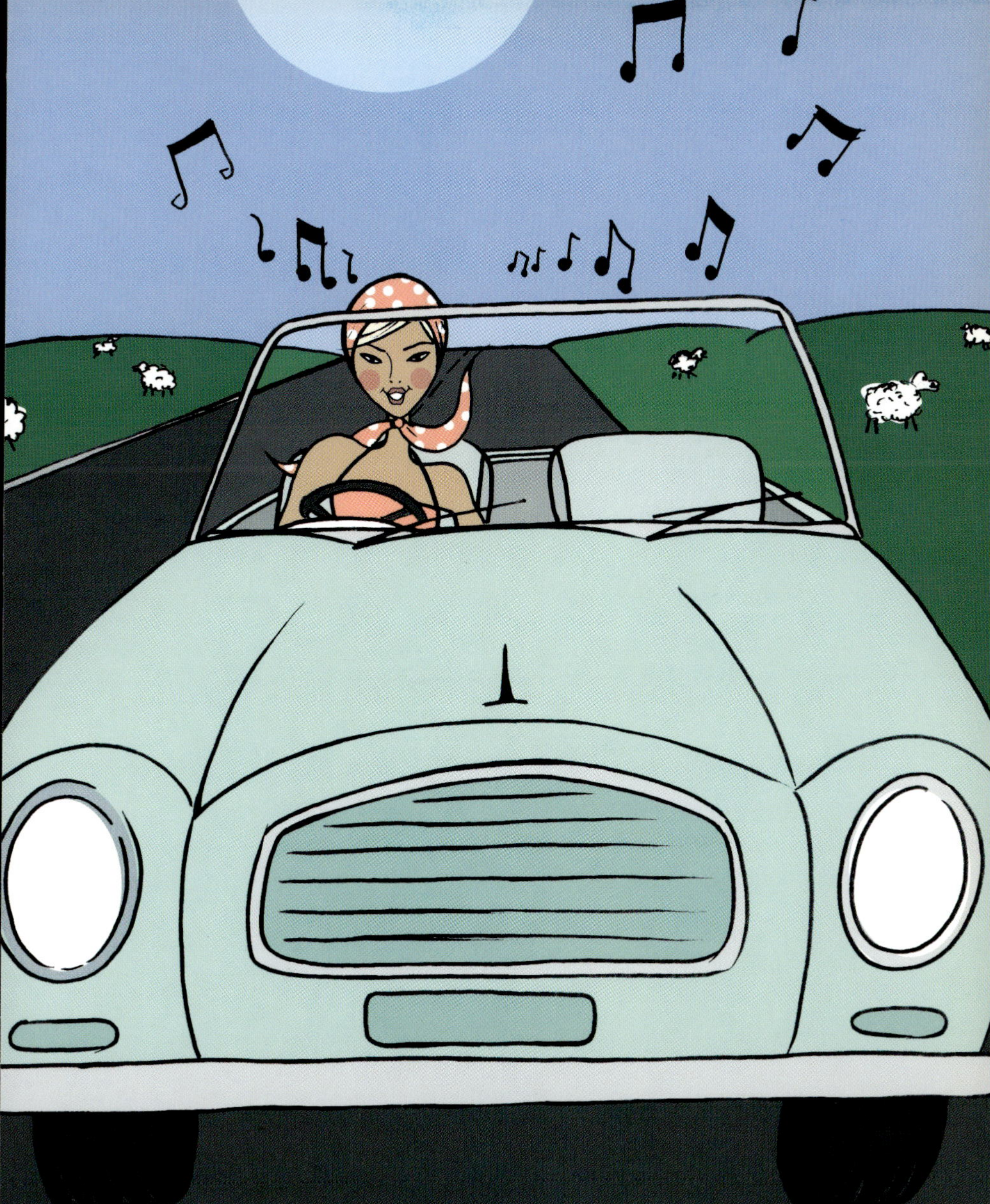

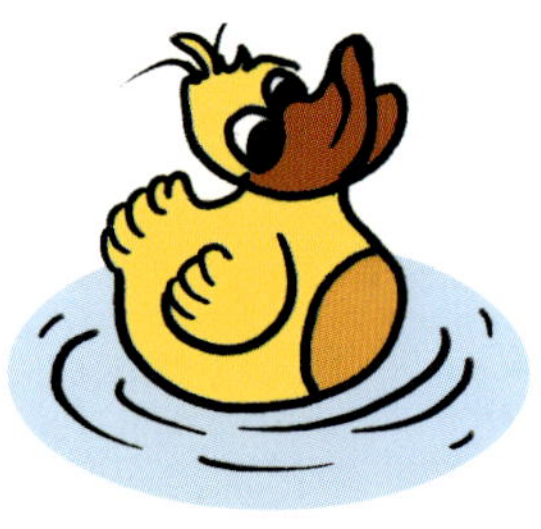

Standing under a hot shower

뜨거운 물을 맞으며 샤워할 때

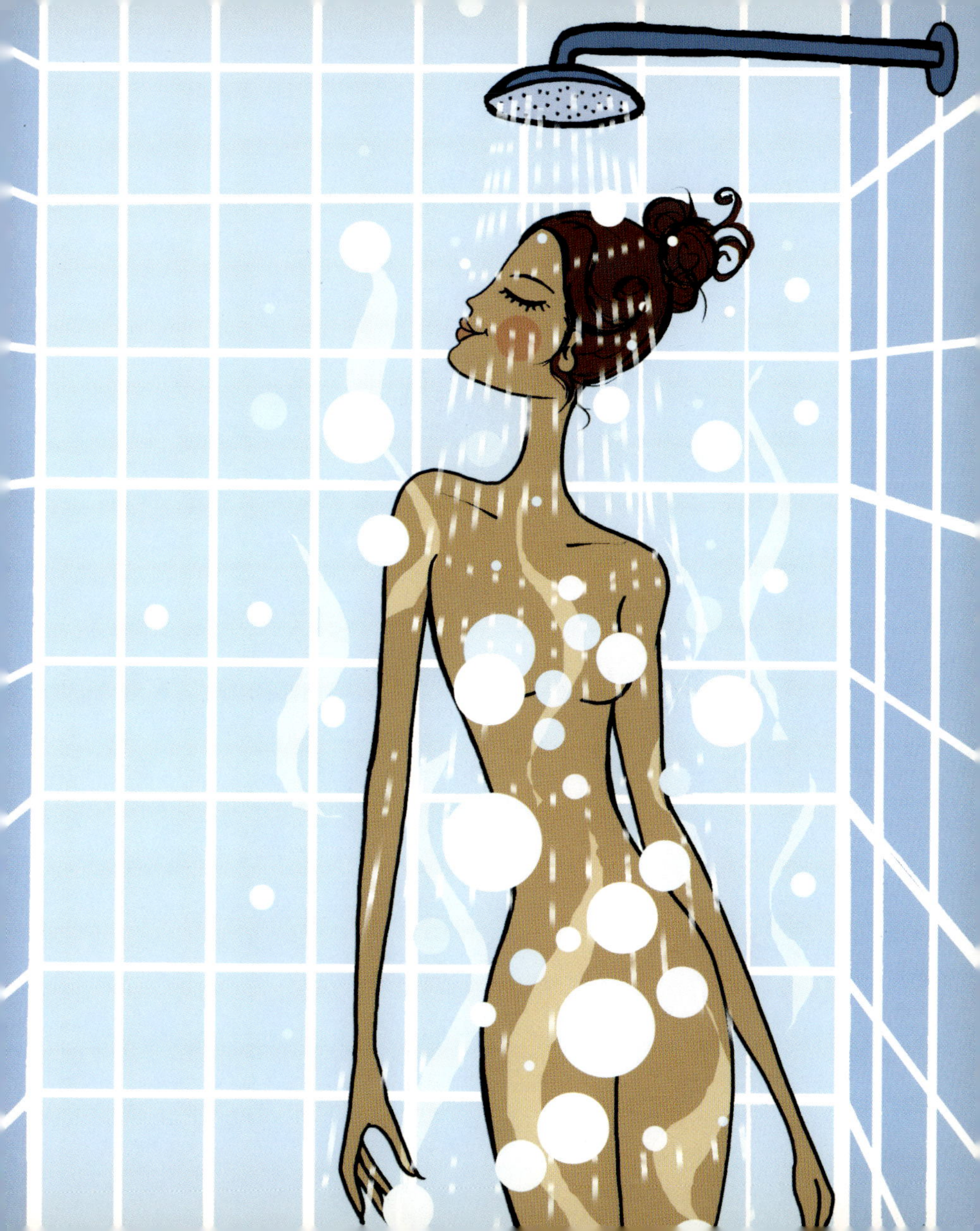

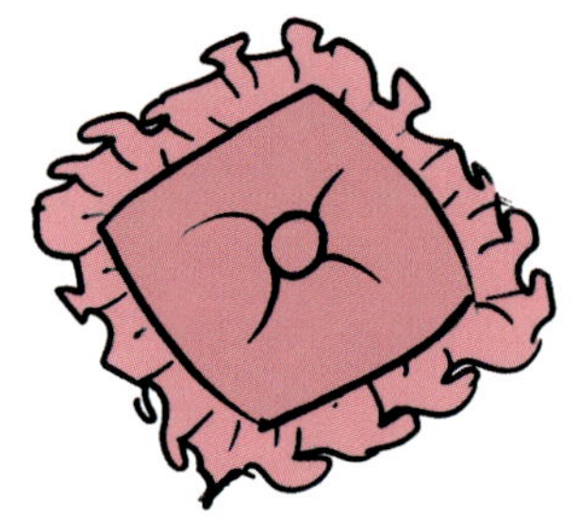

Lying in bed listening to the rain

빗소리를 들으며 침대에 누워 있을 때

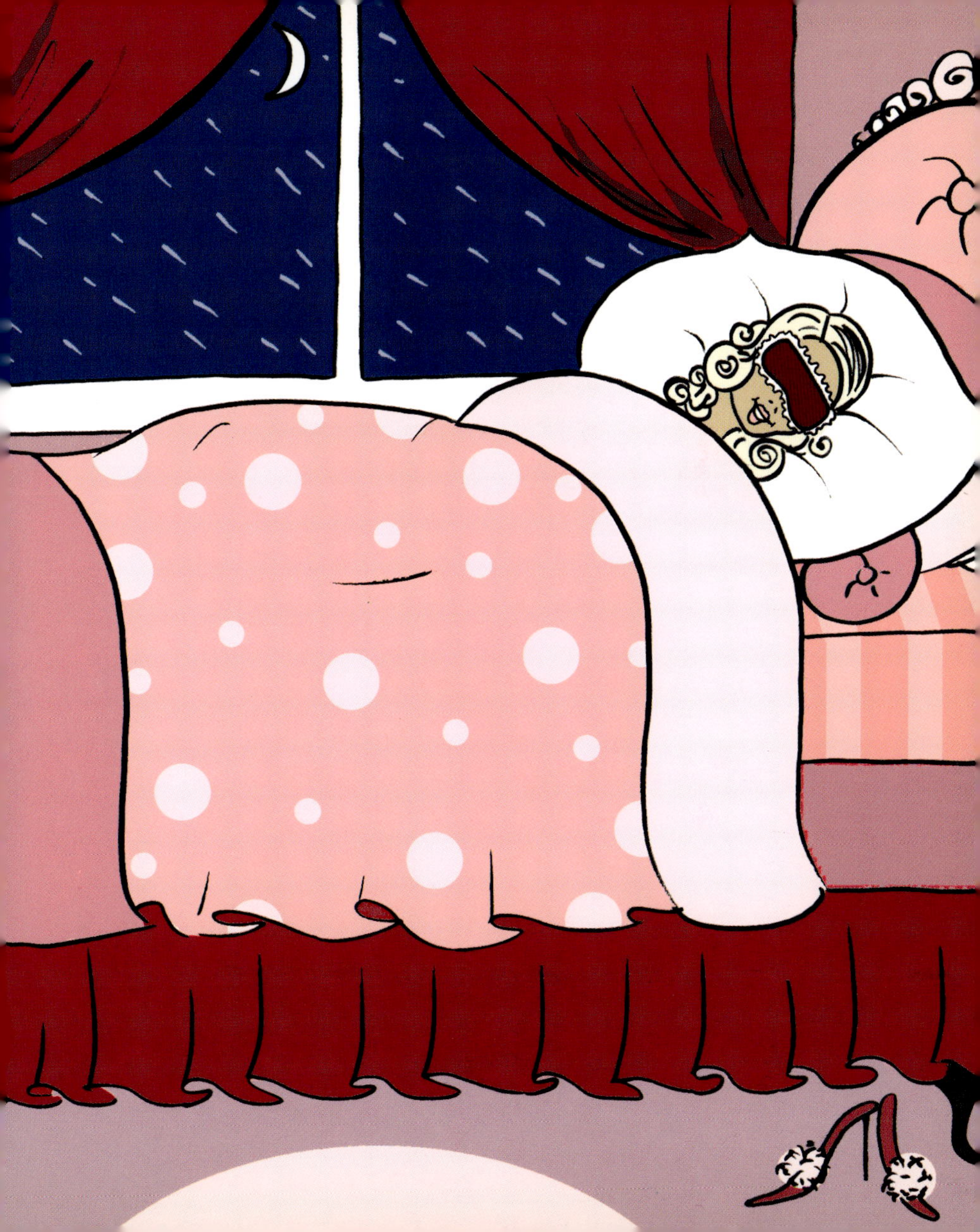

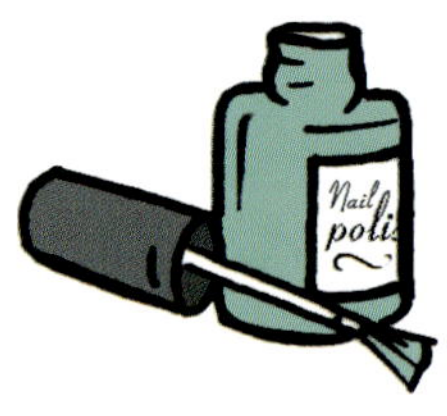

Getting pampered

여왕 같은 대접을 받을 때

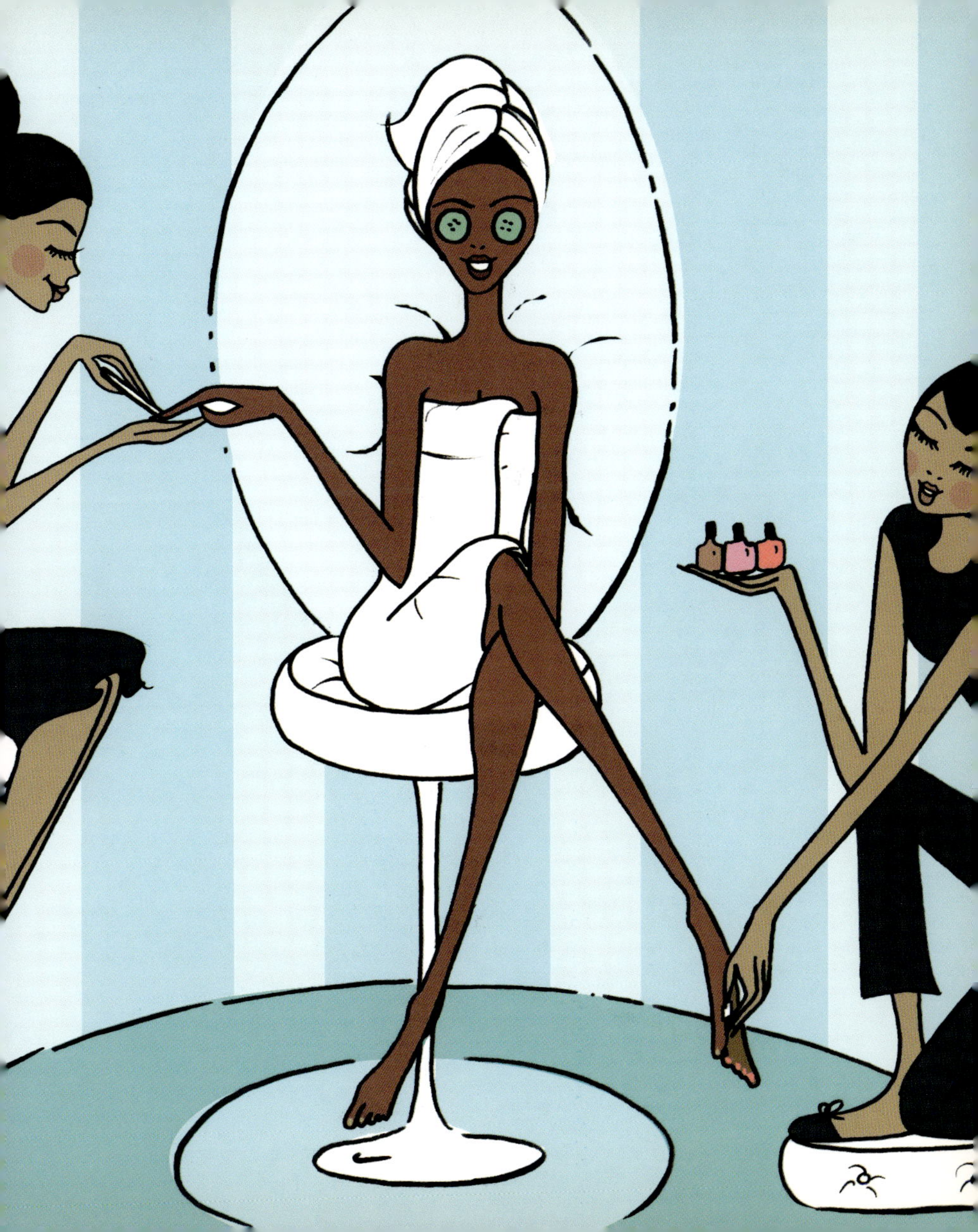

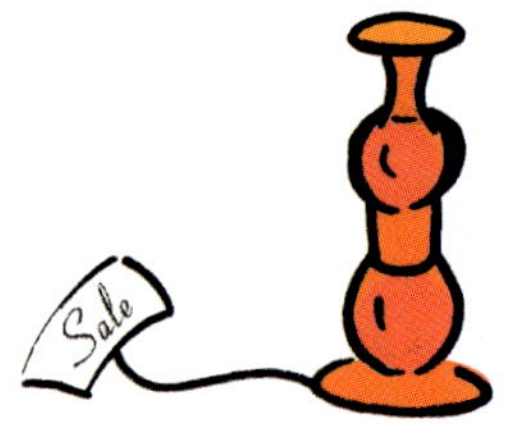

Finding the perfect object for your home

집에 필요한, 마음에 쏙 드는 물건을 발견했을 때

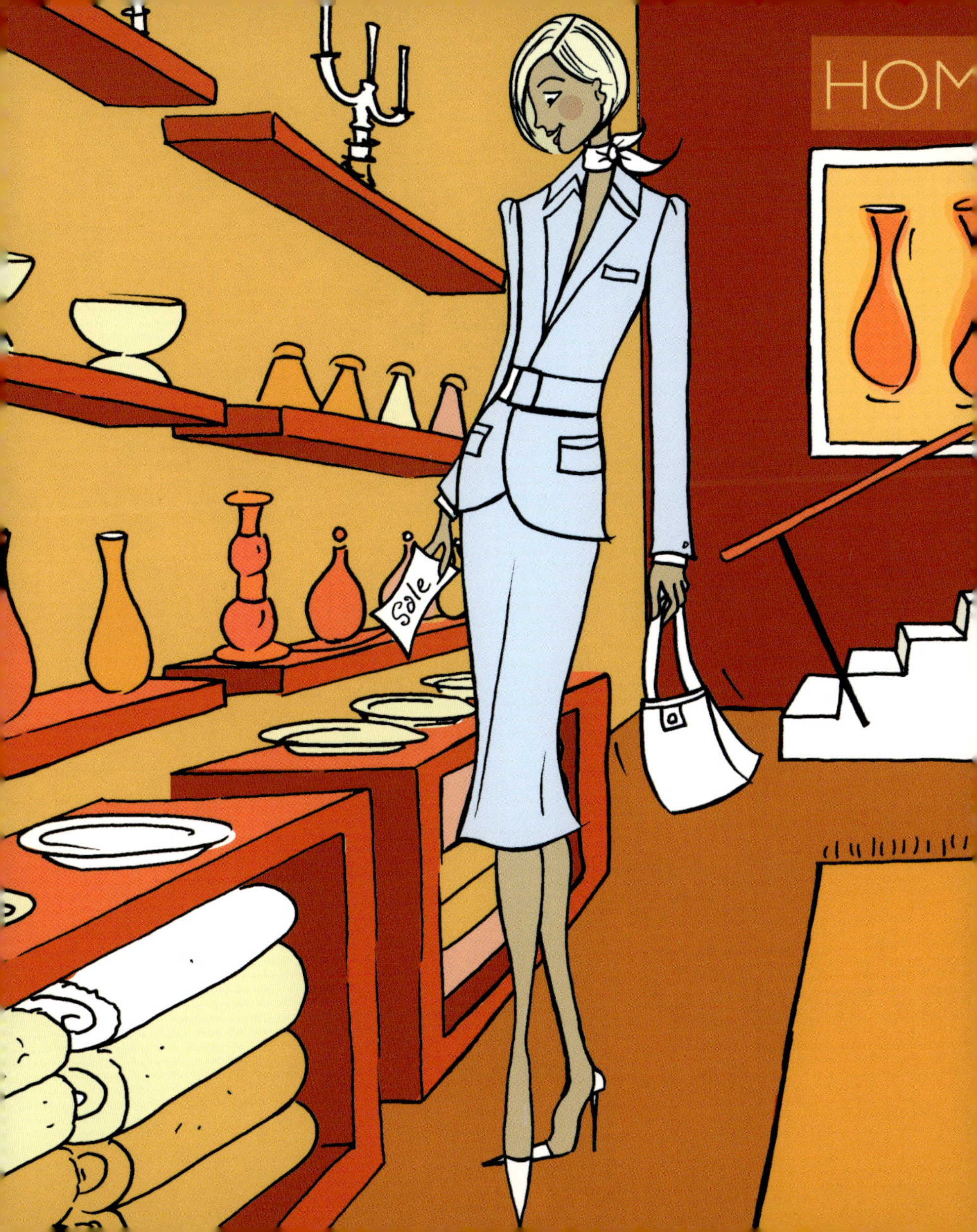

HOM
Sale

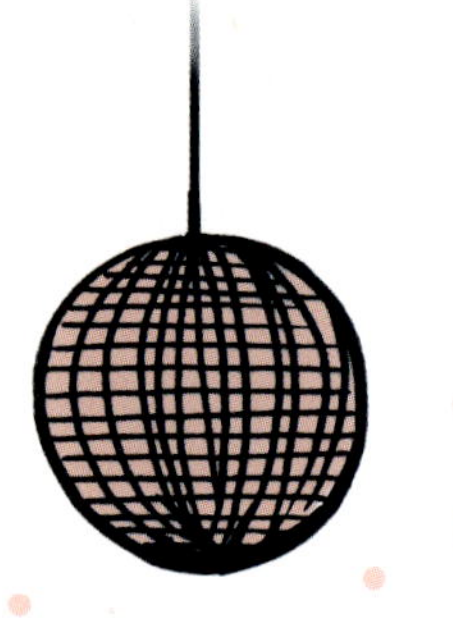

Dancing all night

밤새워 춤을 출 때

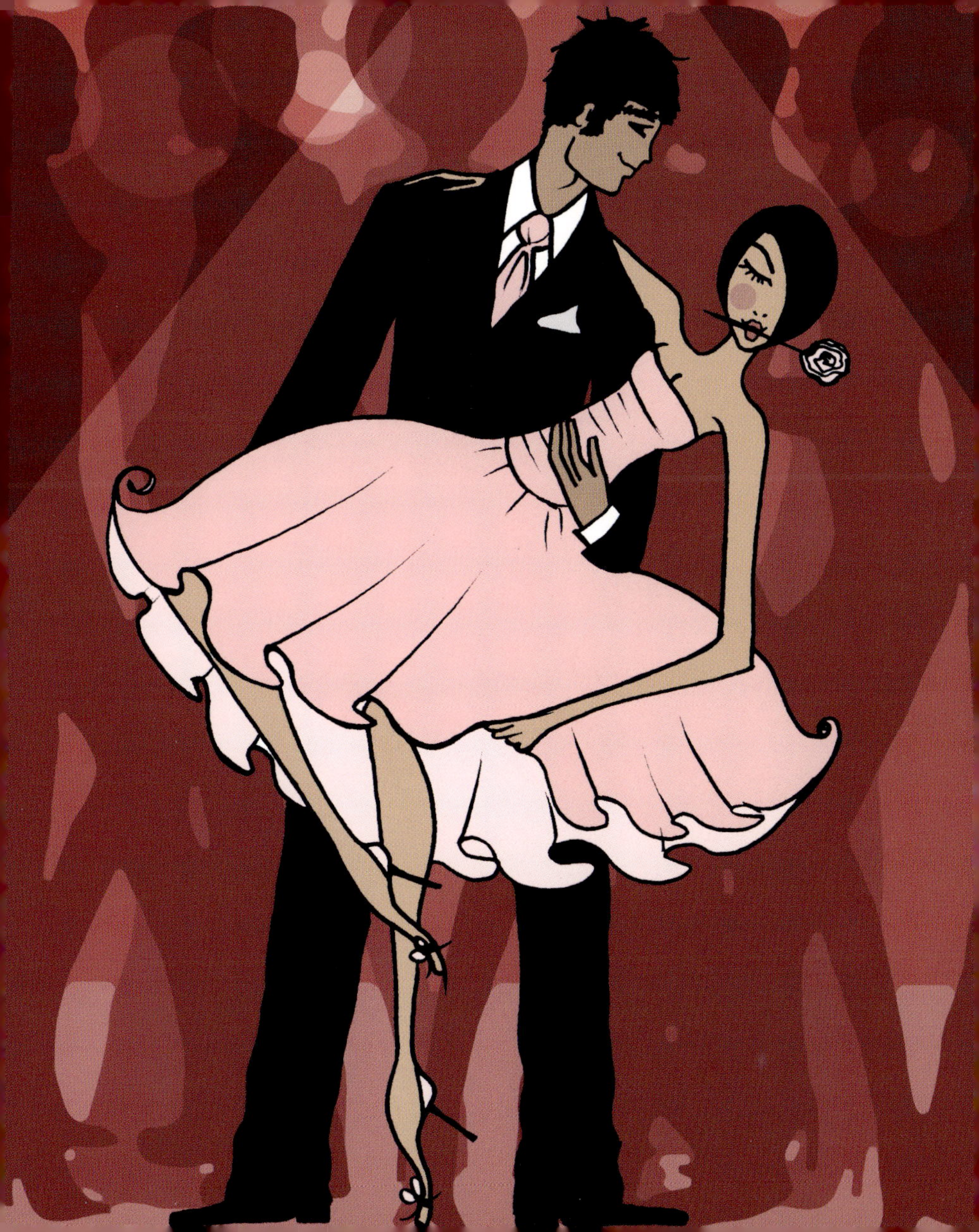

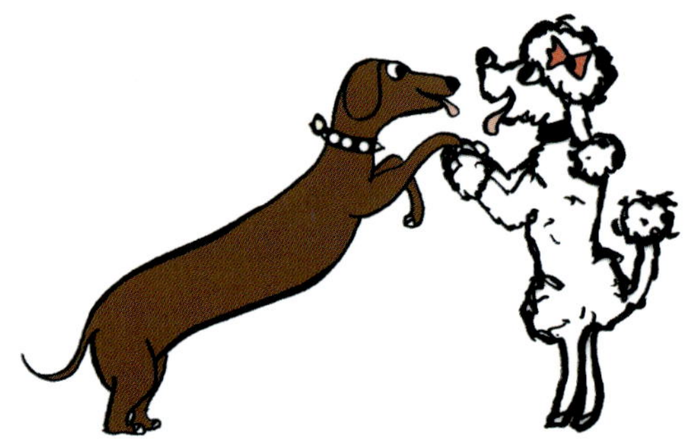

Making a new friend

새로운 친구를 사귈 때

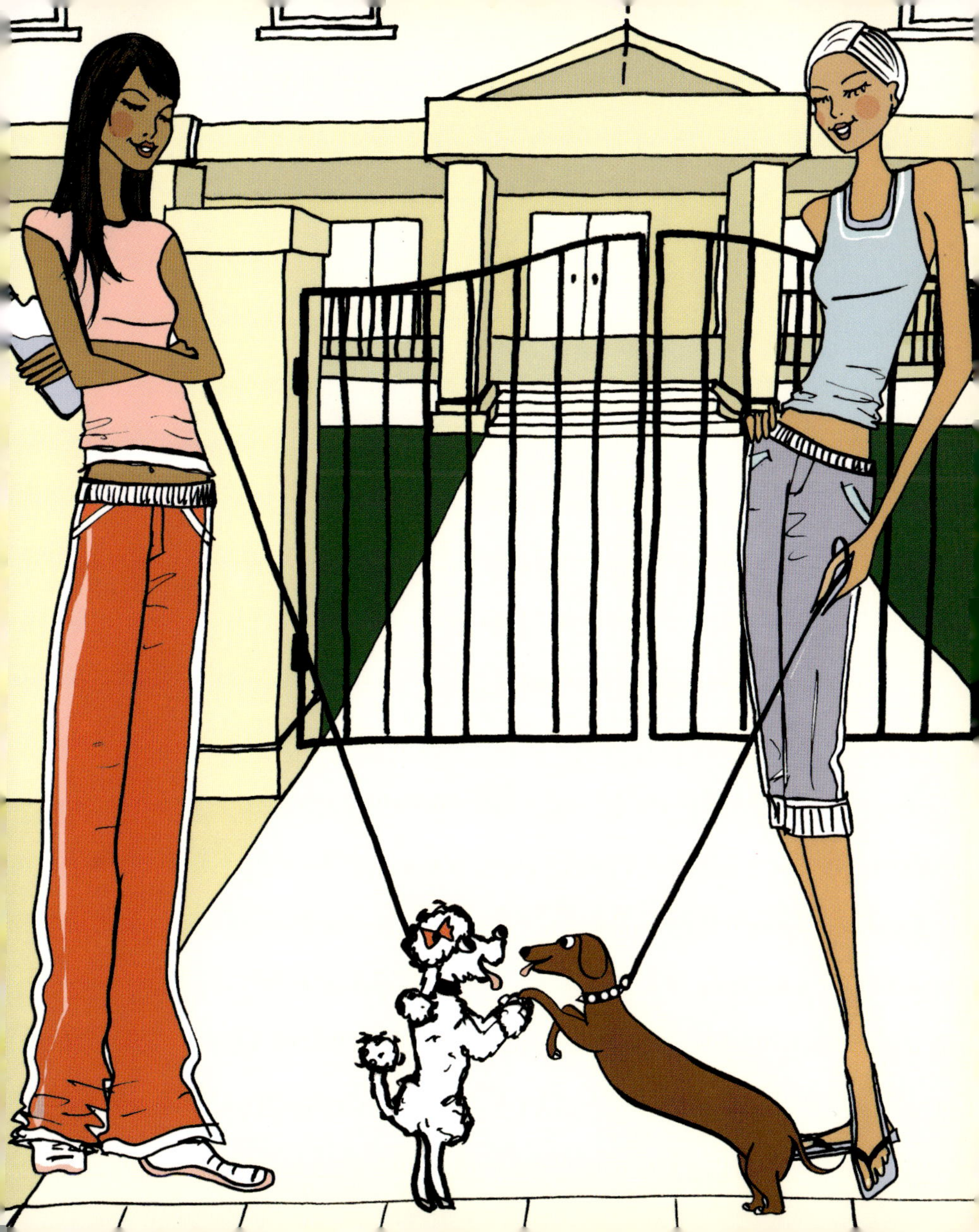

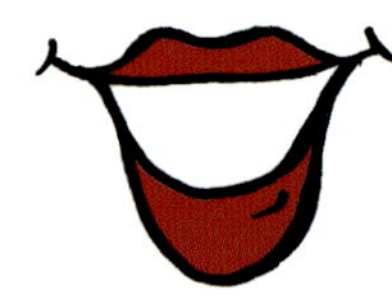

Laughing so hard your stomach hurts

배꼽이 빠질 만큼 심하게 웃을 때

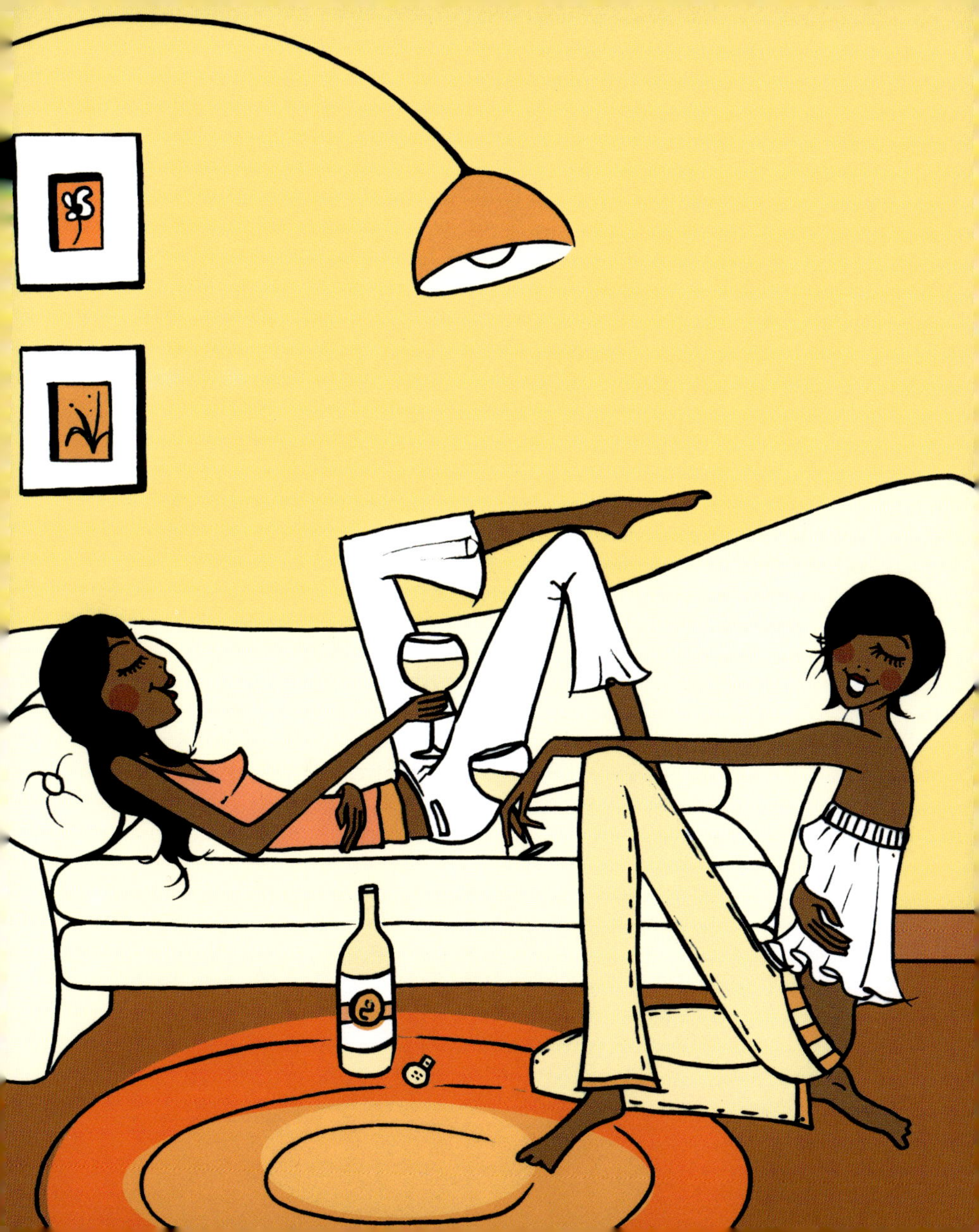

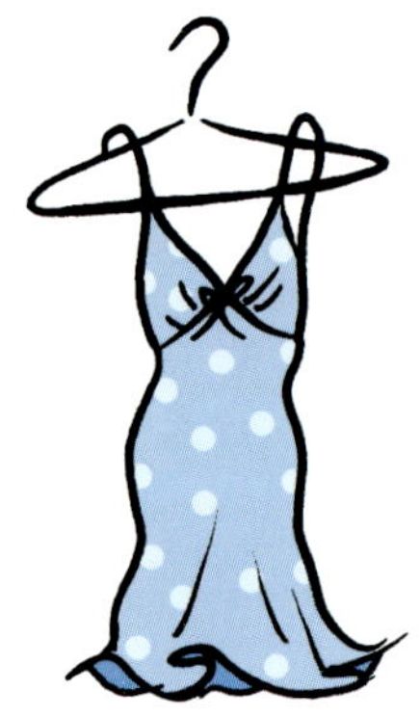

*Finding the outfit you
really want is in the sale*

정말 갖고 싶었던 옷이 세일 중일 때

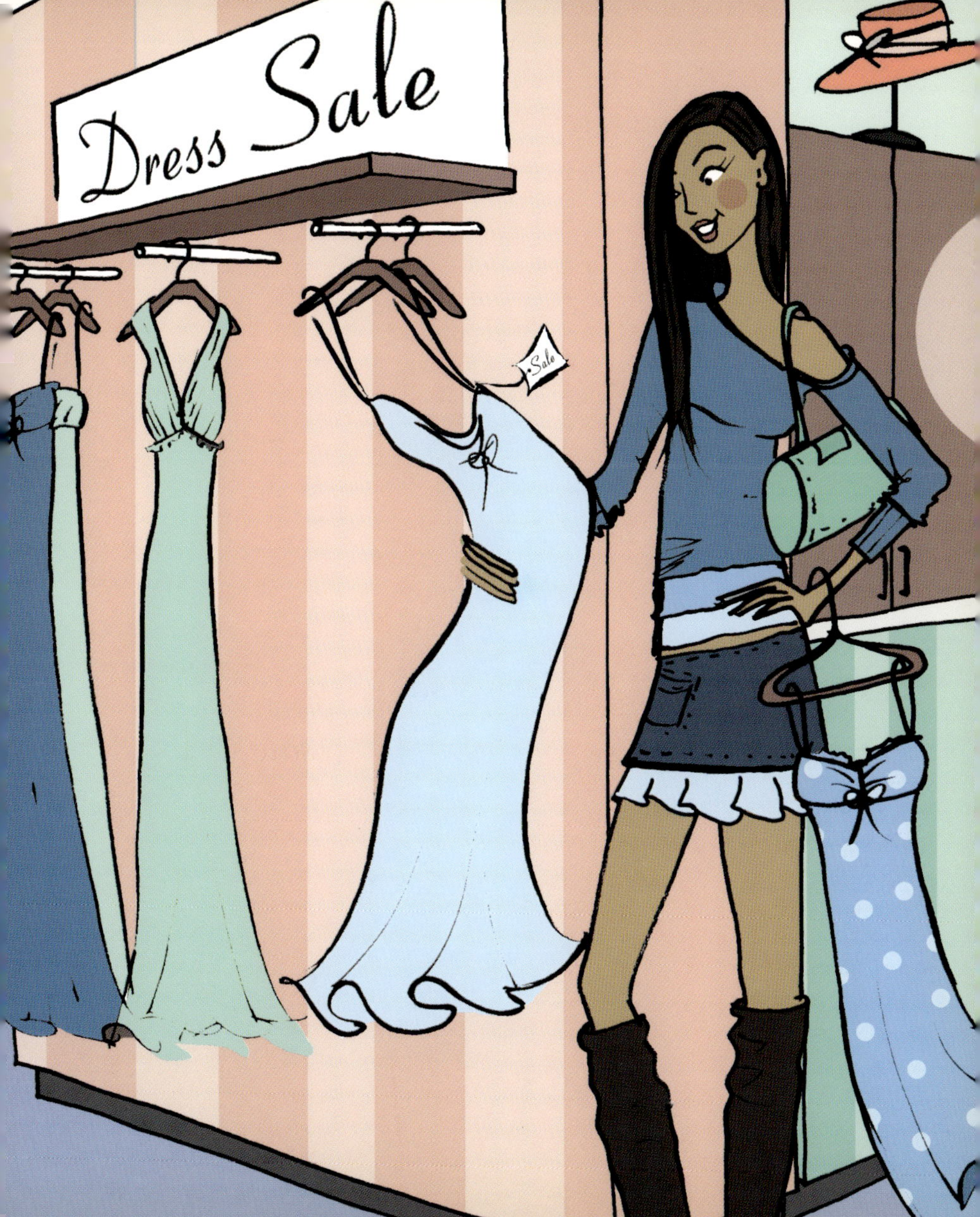
Dress Sale
Sale

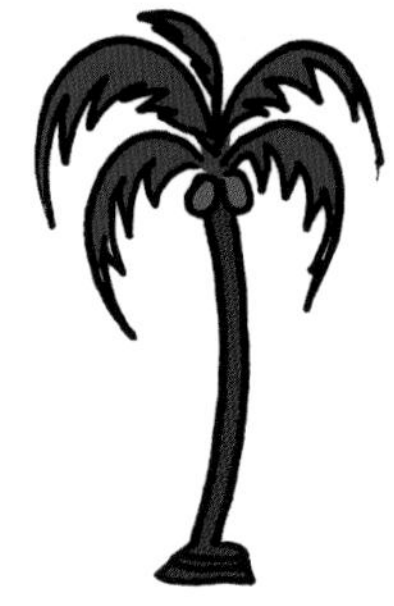

Walking barefoot by the edge of the sea

해변의 찰랑이는 물가를 맨발로 걸을 때

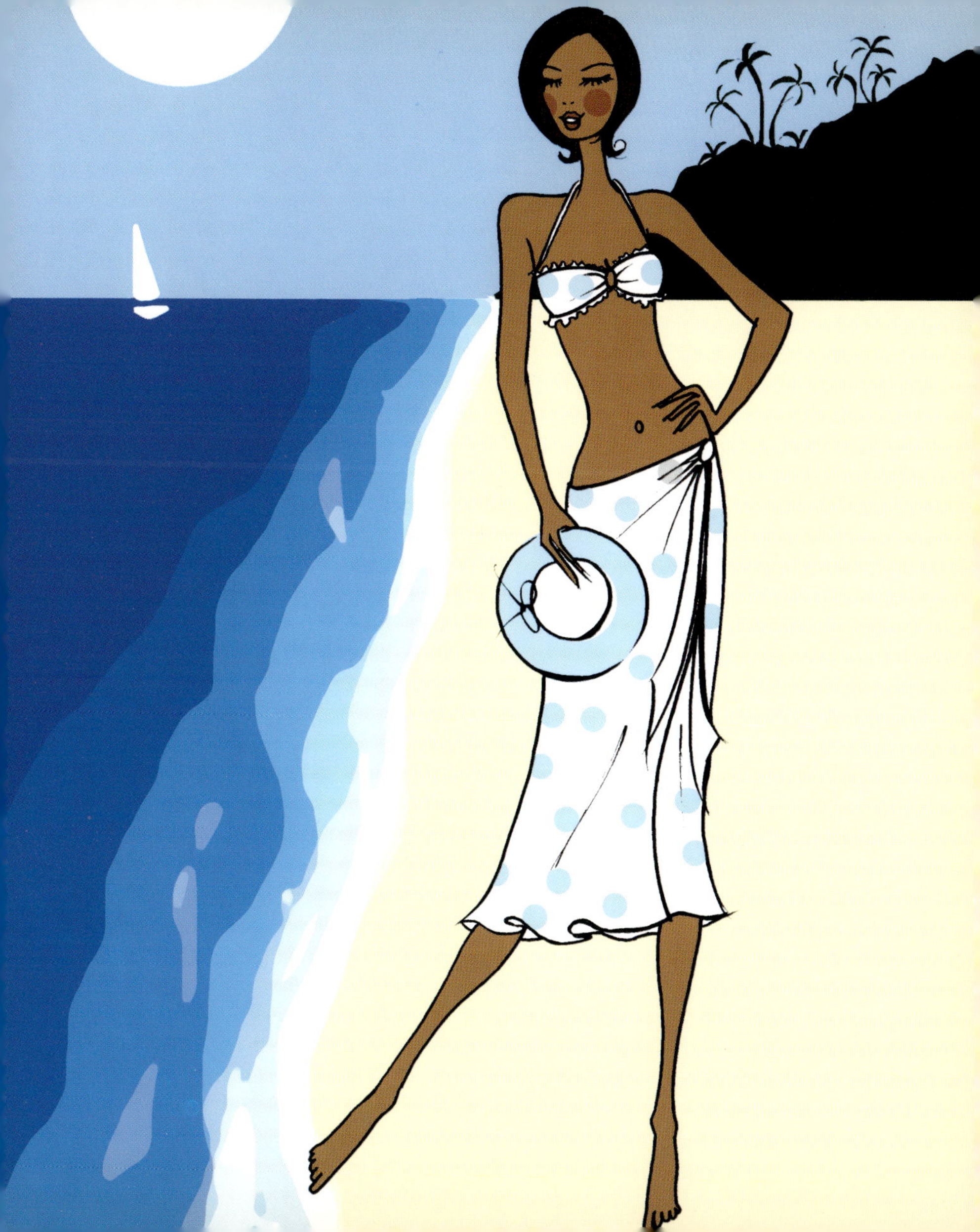

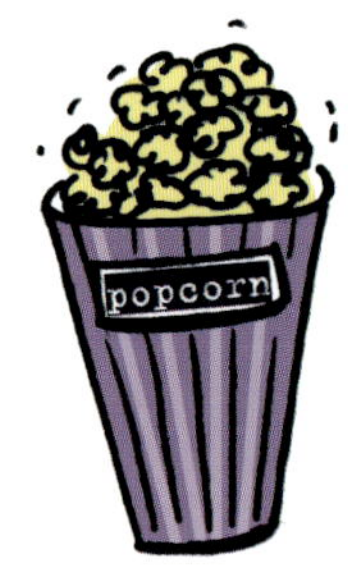

Watching your favourite film ... again

좋아하는 영화를 다시 볼 때

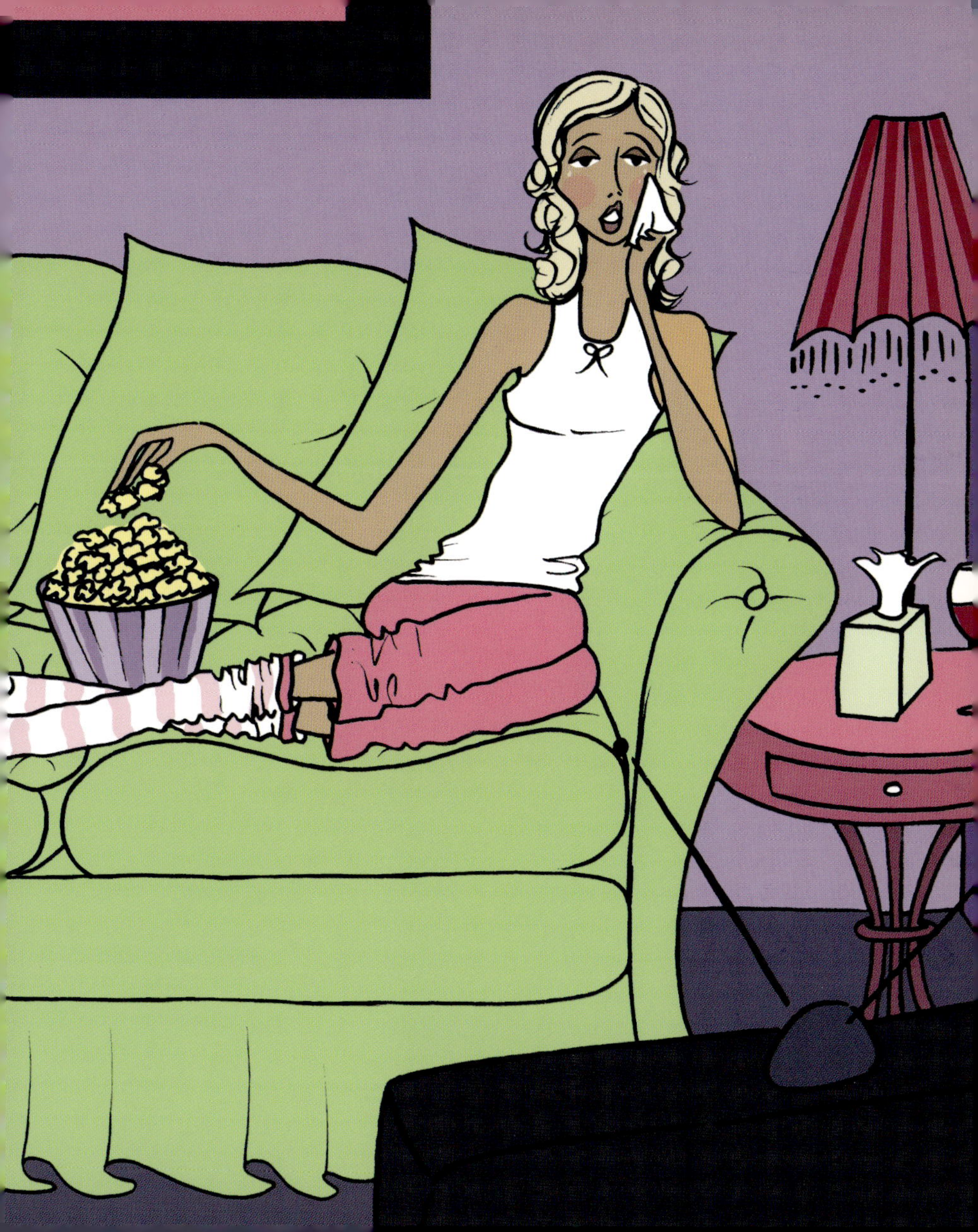

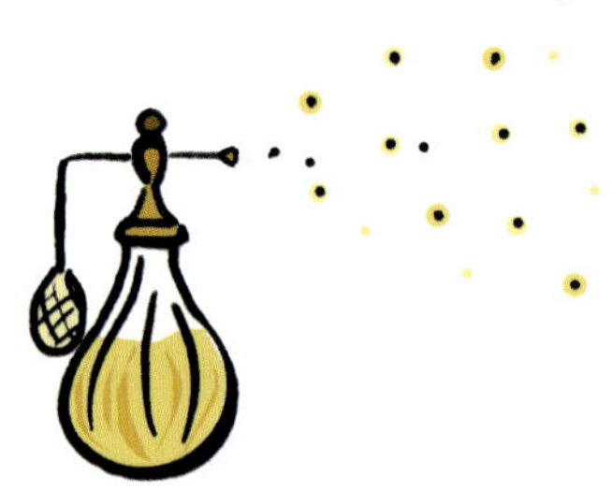

Getting ready for a big night out

멋진 밤 외출을 위해 몸단장을 할 때

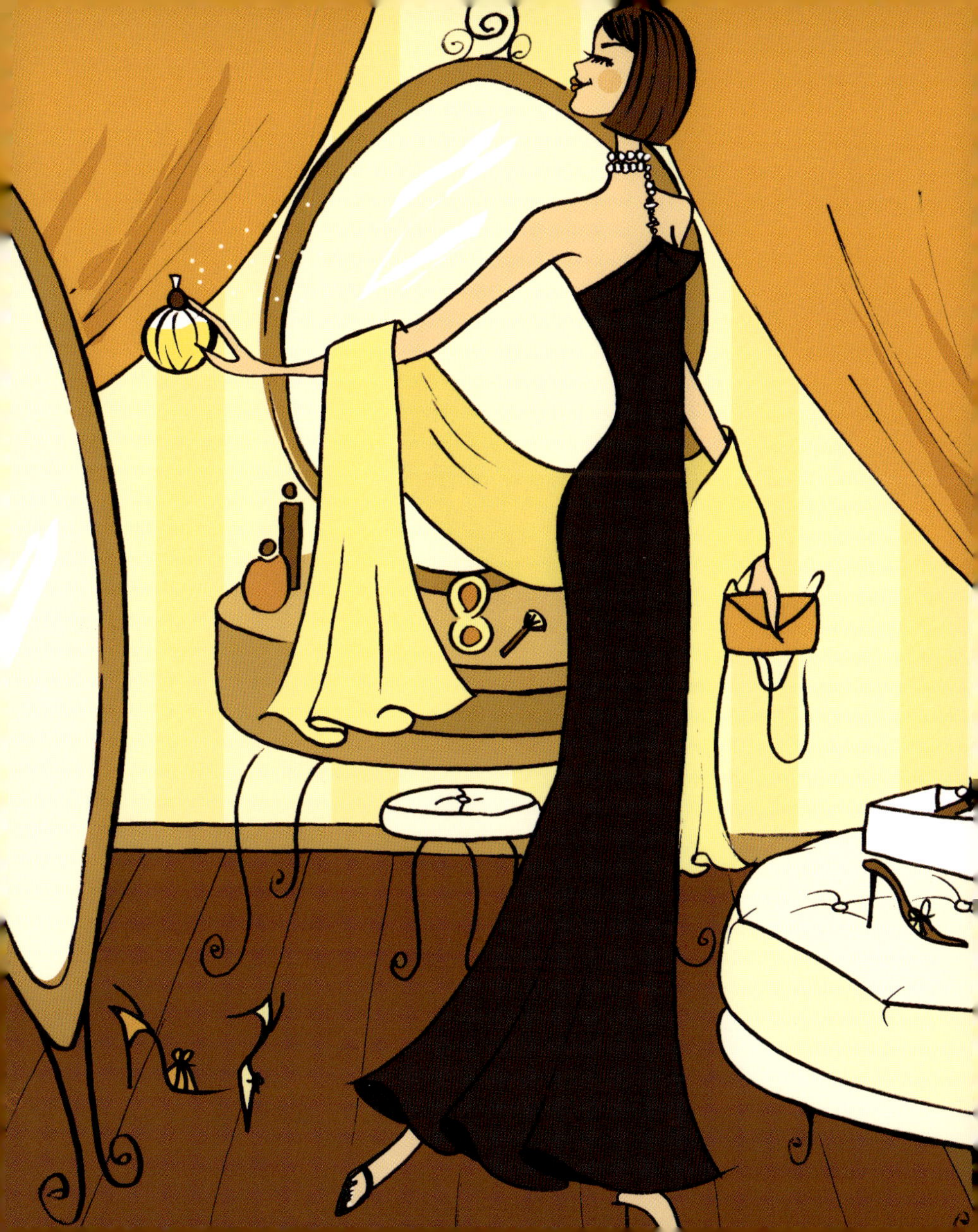

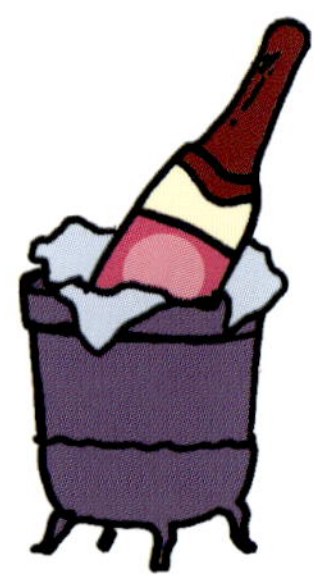

Having lunch with your best friend

가장 친한 친구와 점심을 먹을 때

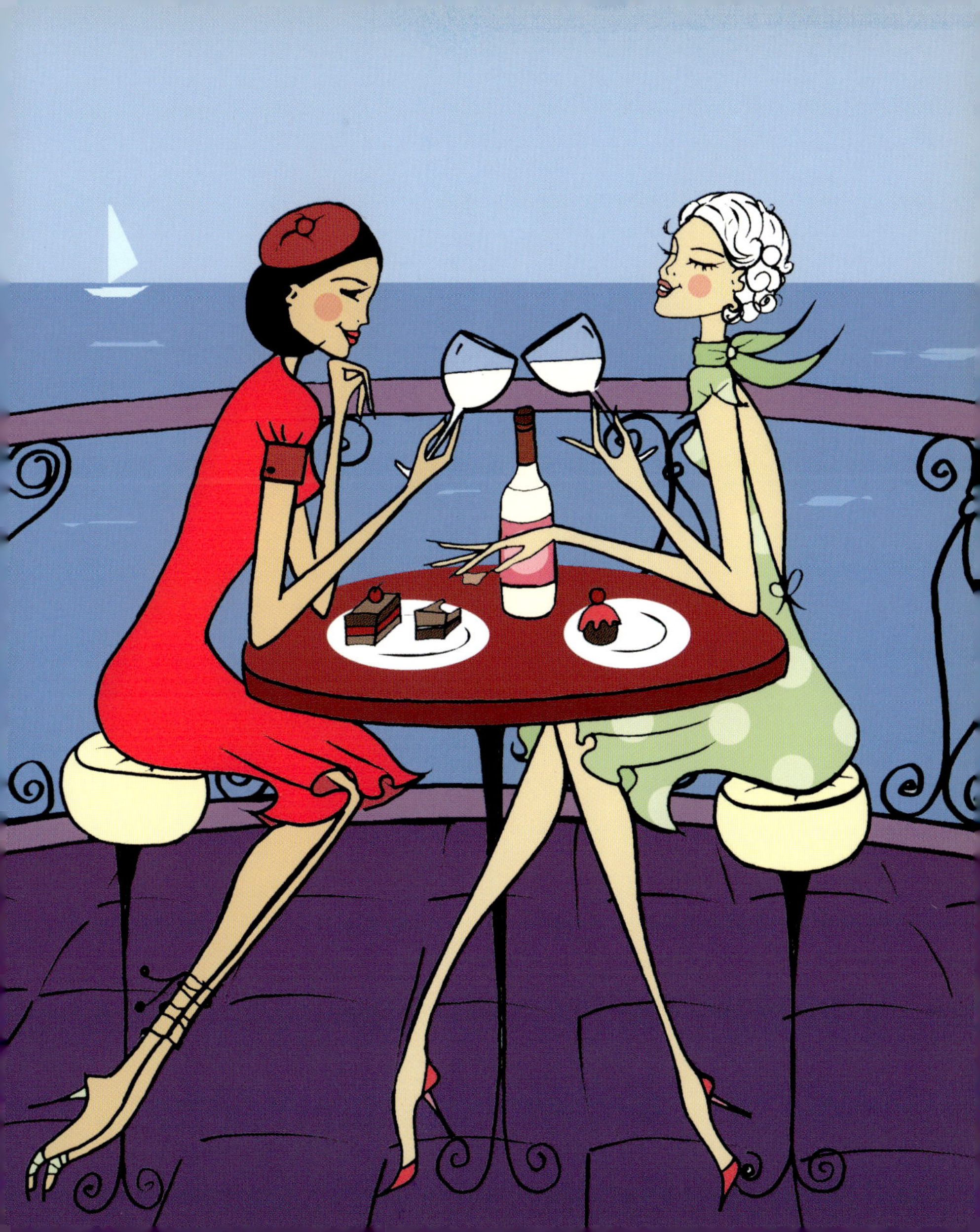

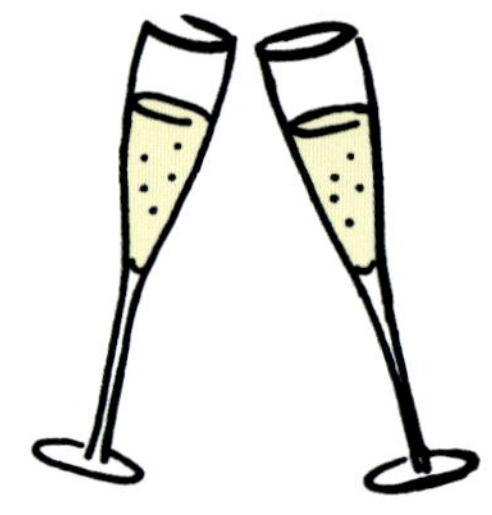

Making eye contact
with an attractive stranger

매력적인 낯선 사람과 눈길이 마주칠 때

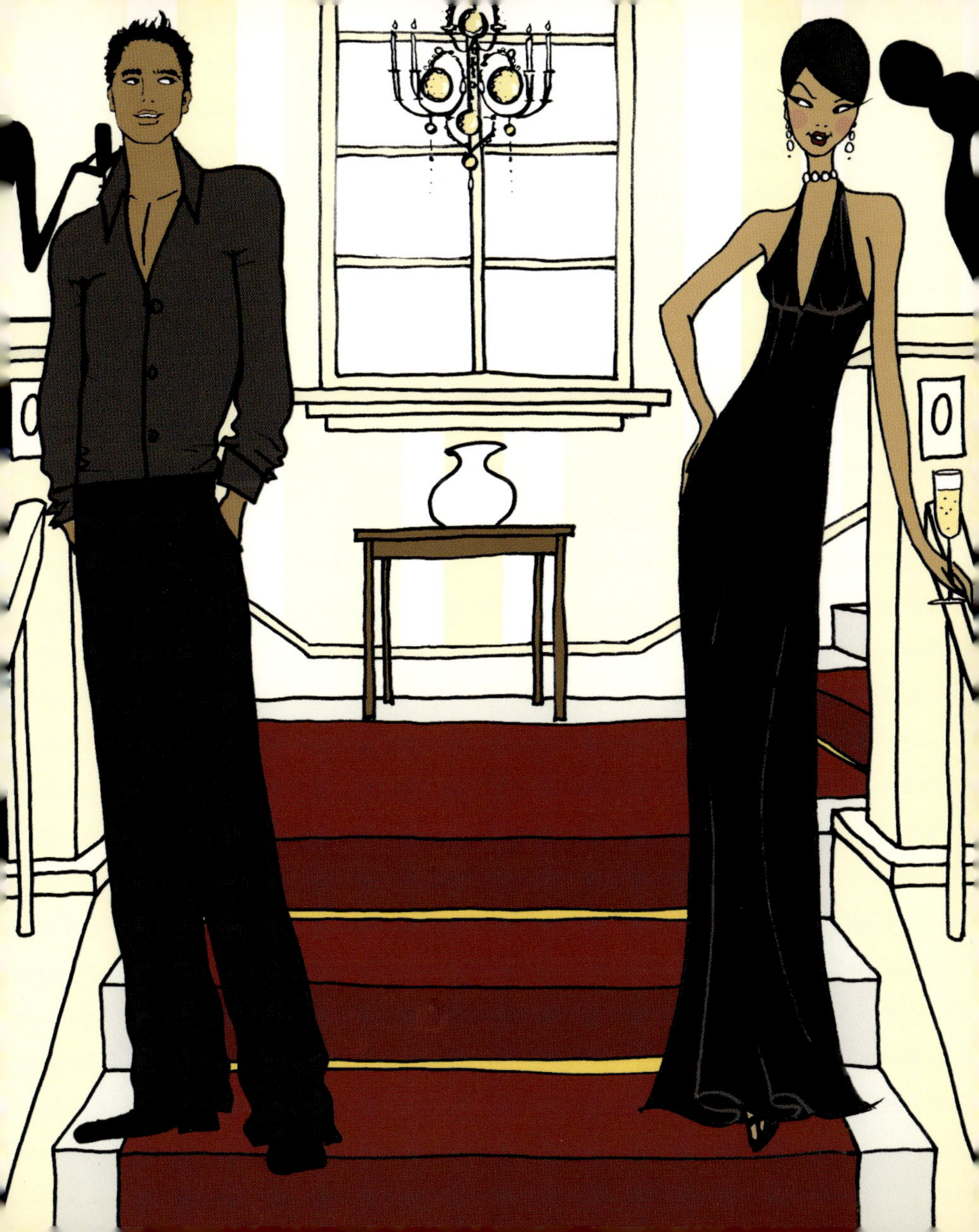

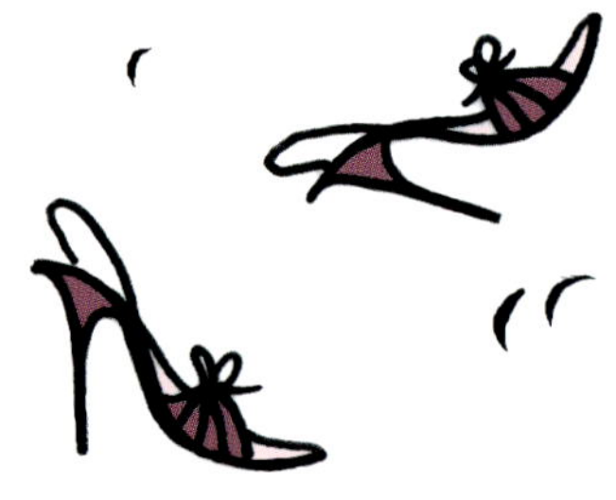

Kicking your shoes off after a night out

밤 외출에서 돌아와 구두를 벗어 던질 때

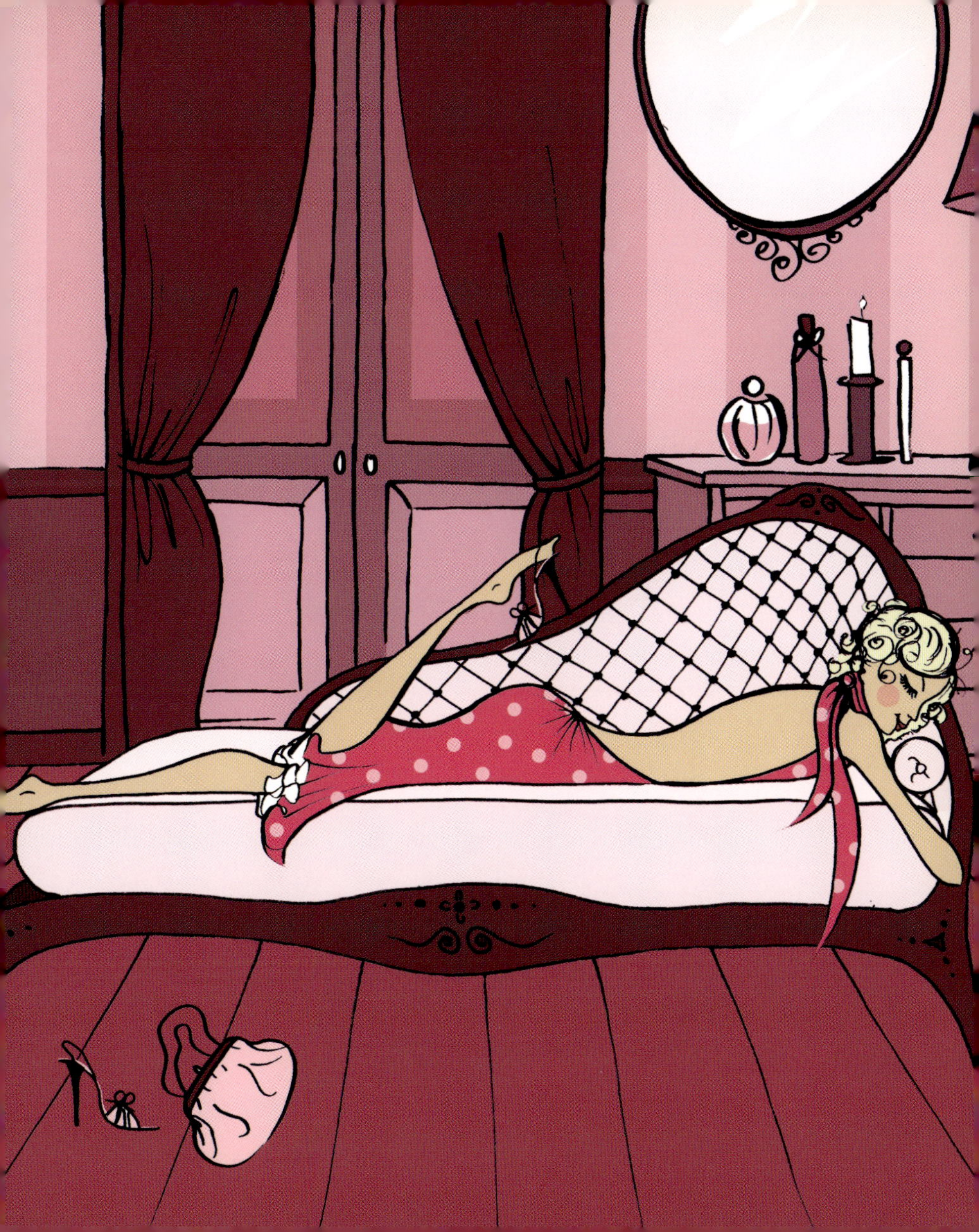

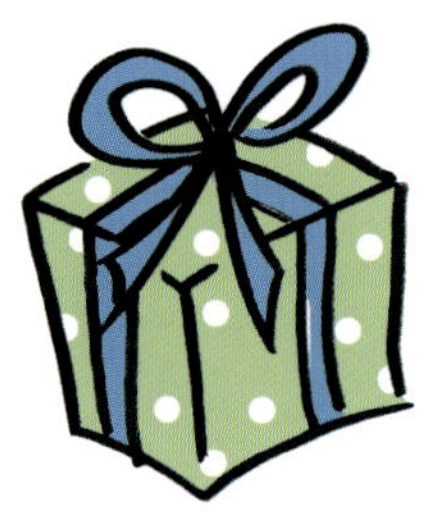

Giving the perfect gift

받는 사람에게 꼭 필요한 선물을 줄 때

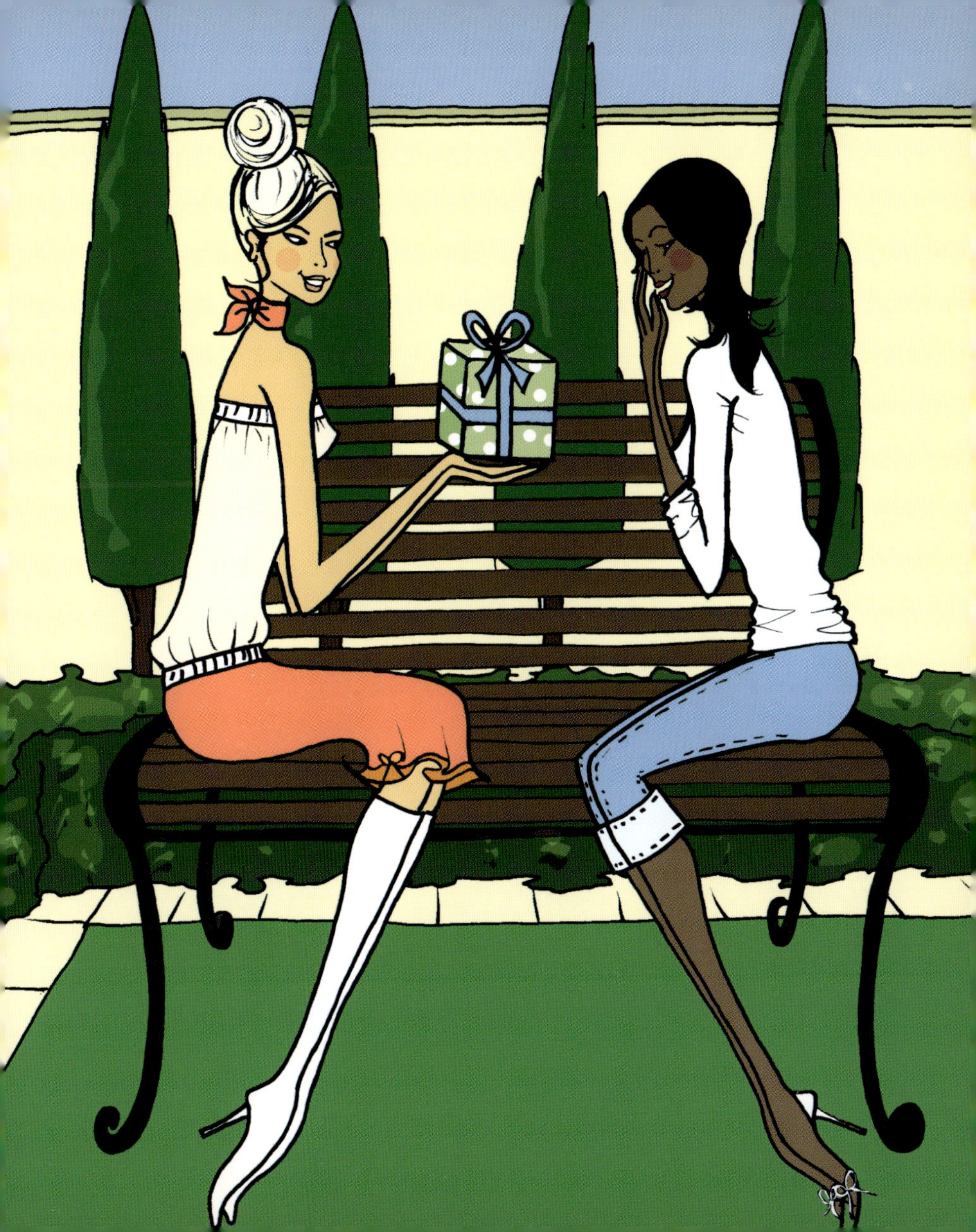

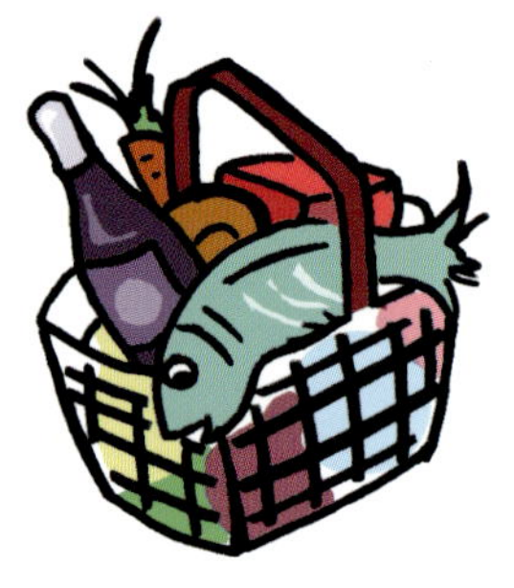

Being first at a newly opened checkout

계산대 문을 열자마자 일등으로 줄을 섰을 때

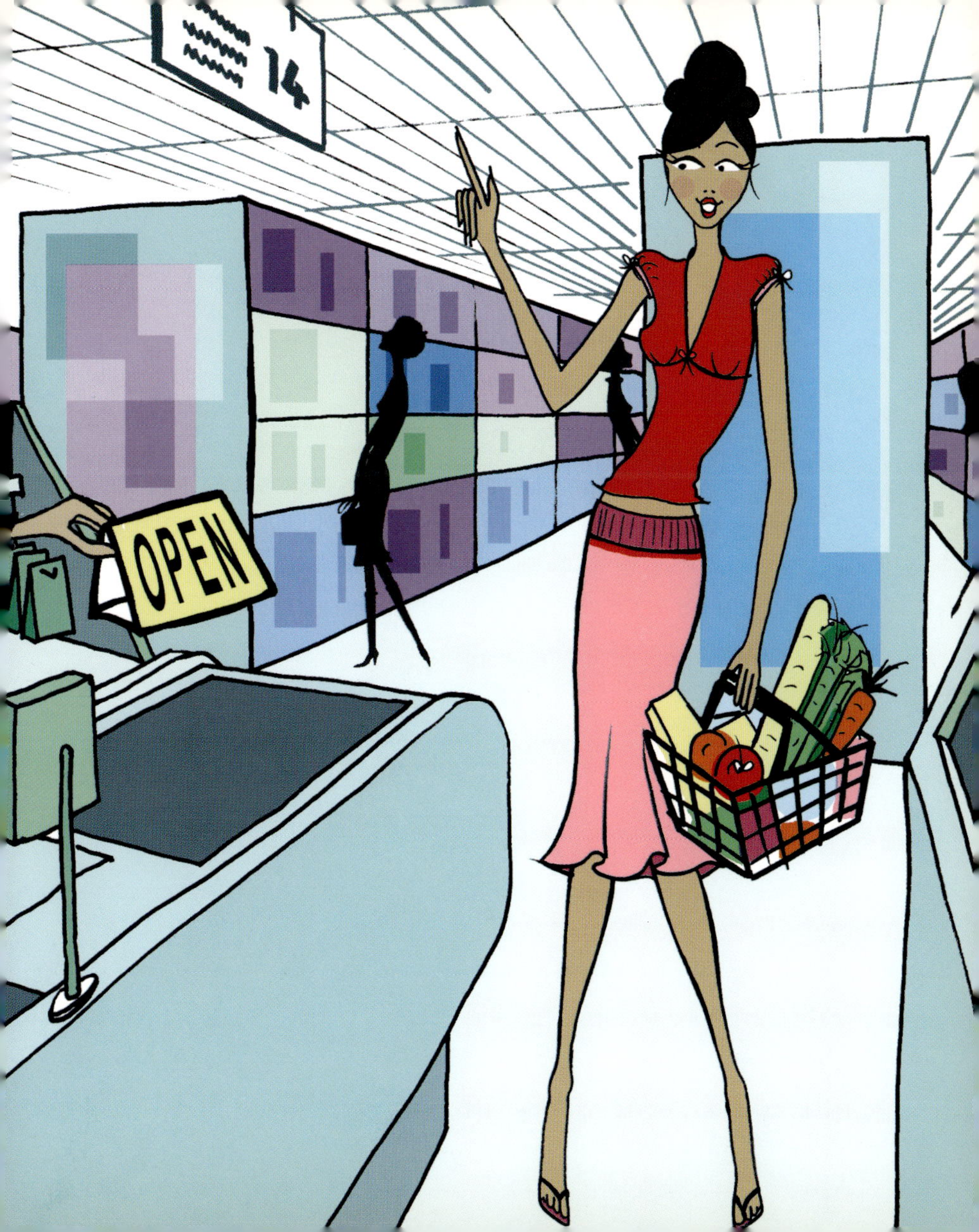

14
OPEN

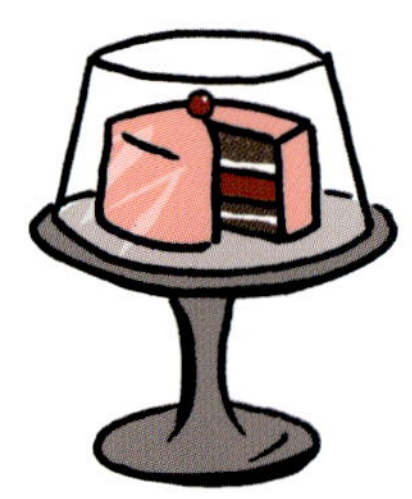

Eating cake

케이크를 먹을 때

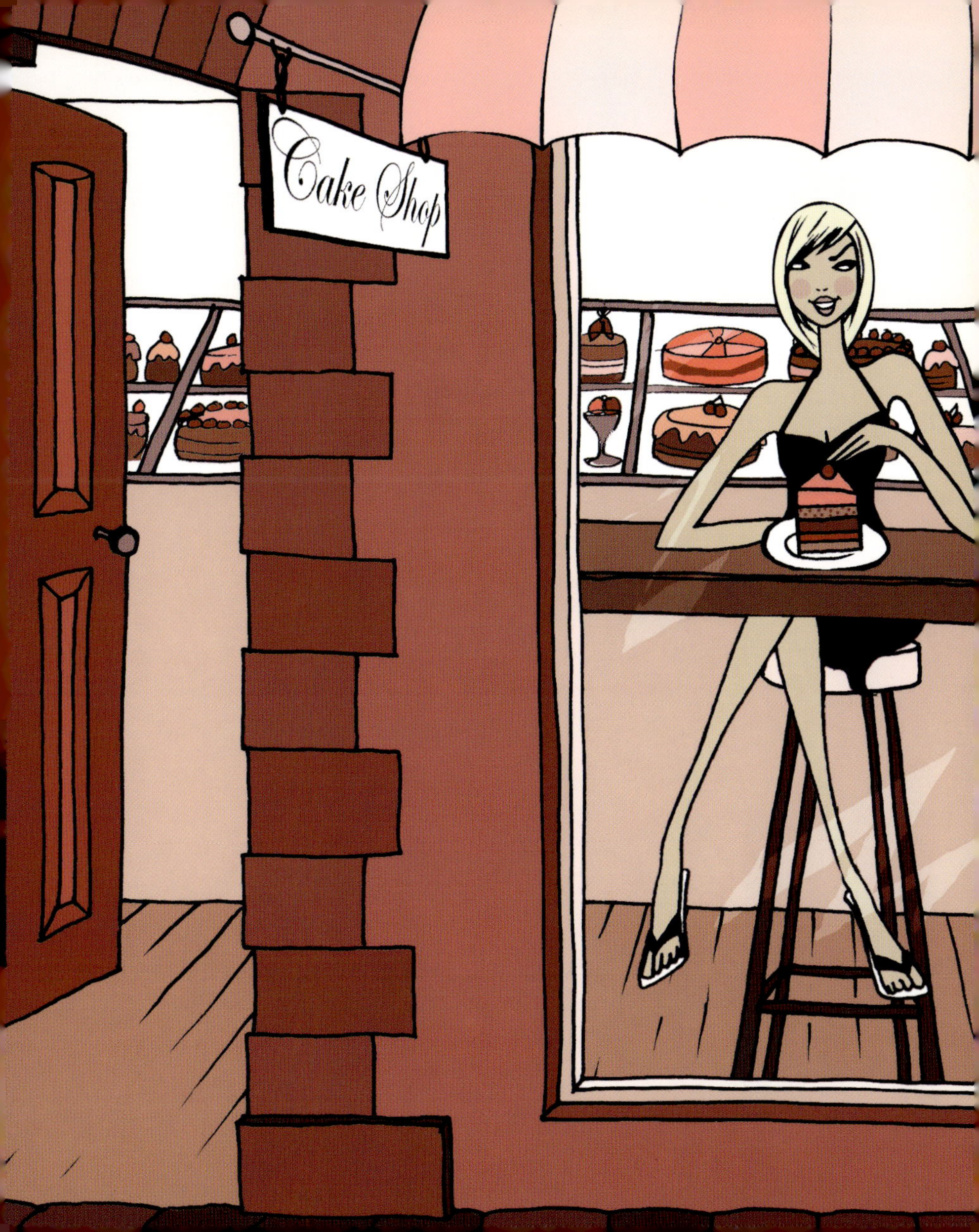

Cake Shop

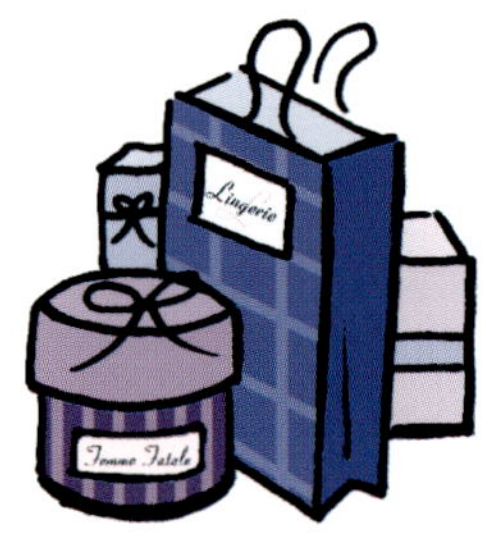

Sitting down after a day's shopping

하루 종일 쇼핑하고 나서 의자에 앉을 때

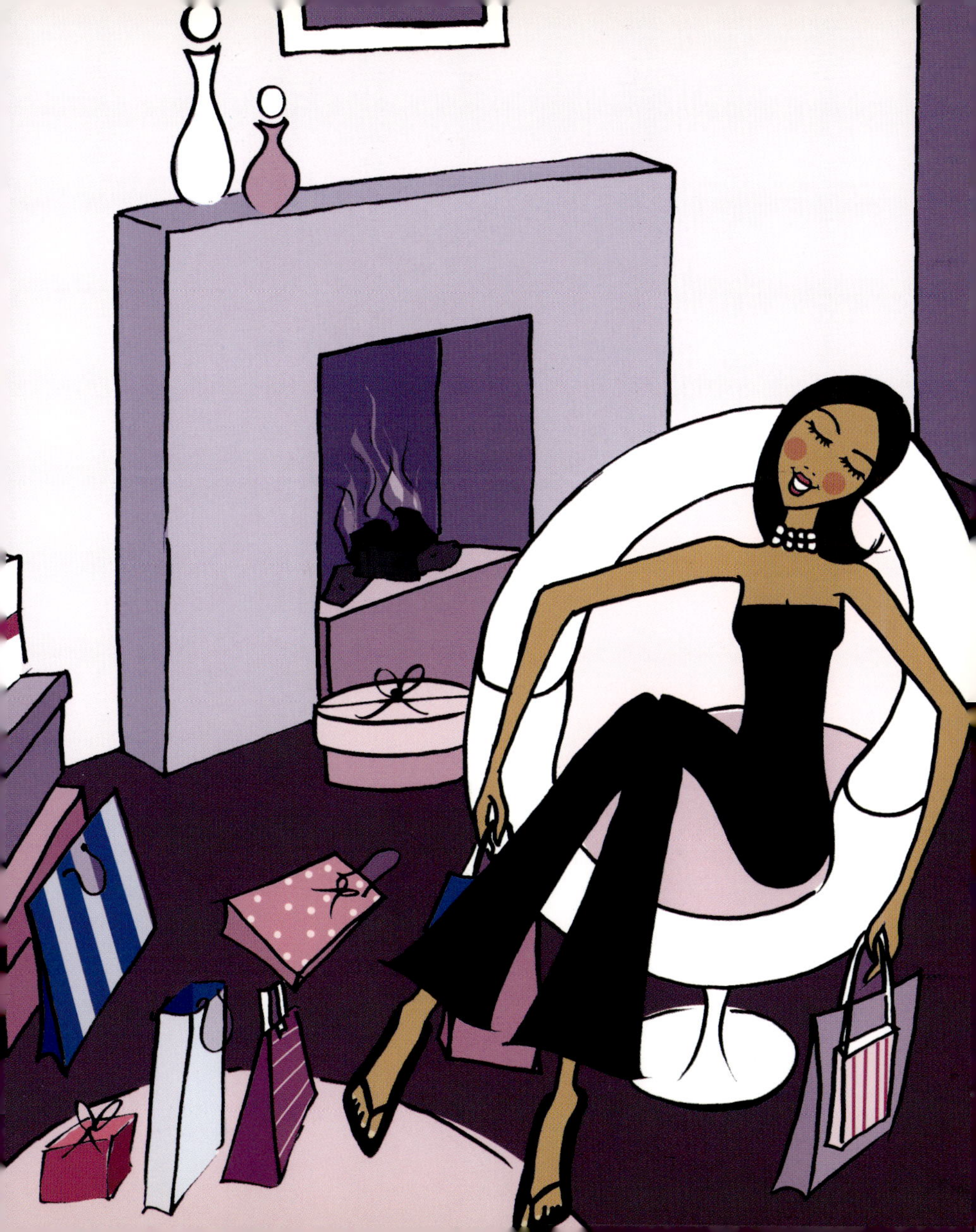

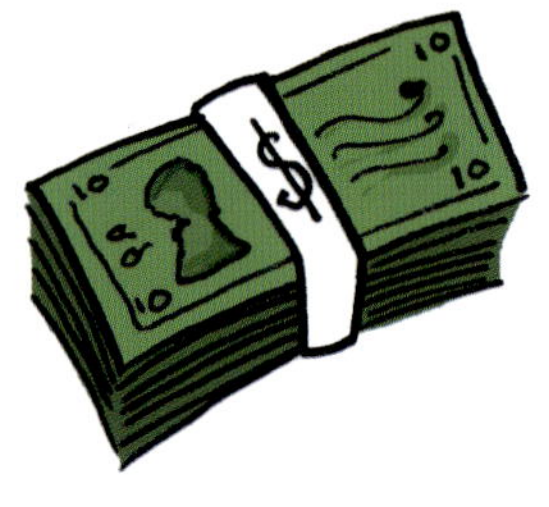

Finding money in your pocket

주머니에서 생각지도 않았던 돈이 나왔을 때

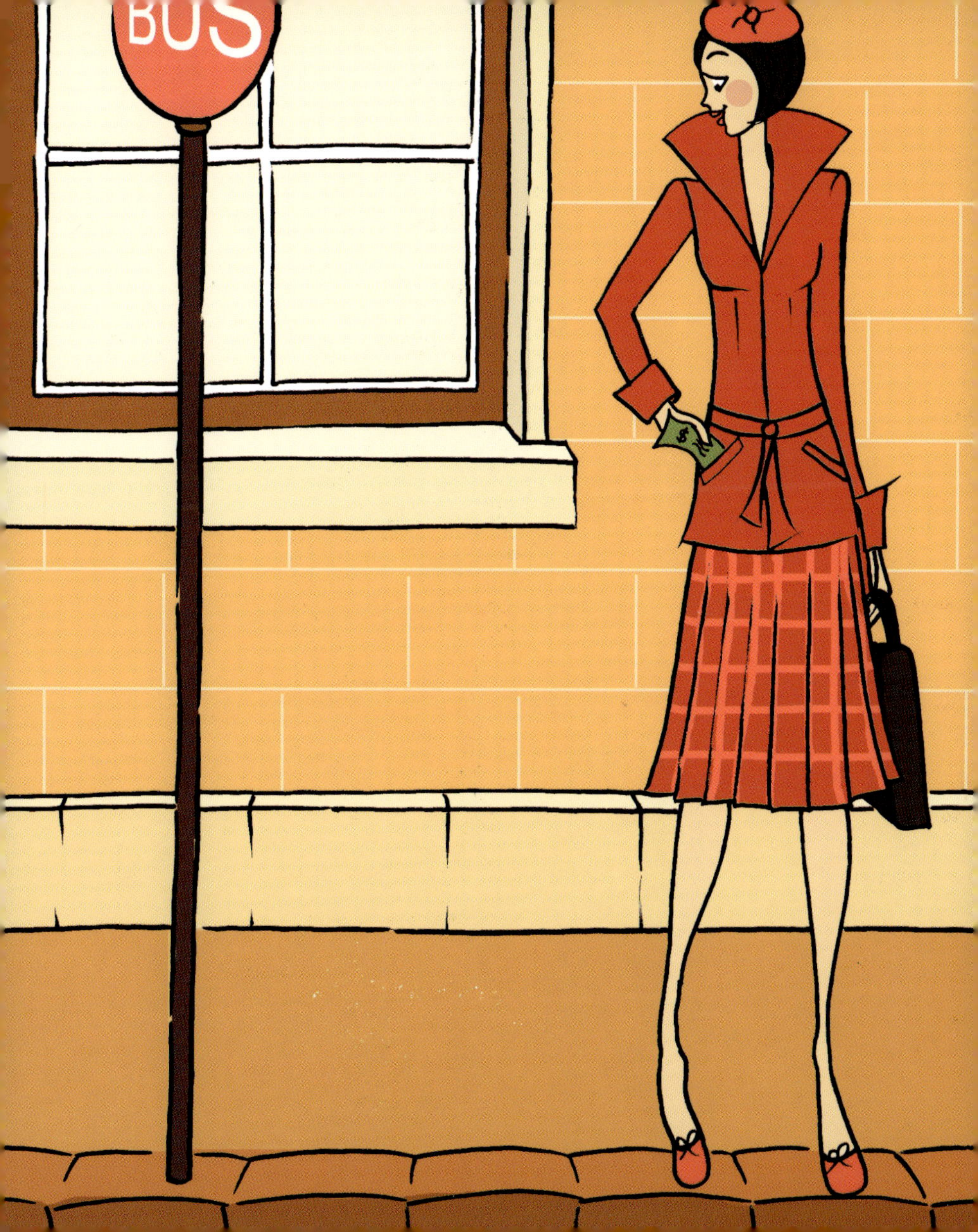

BUS
$

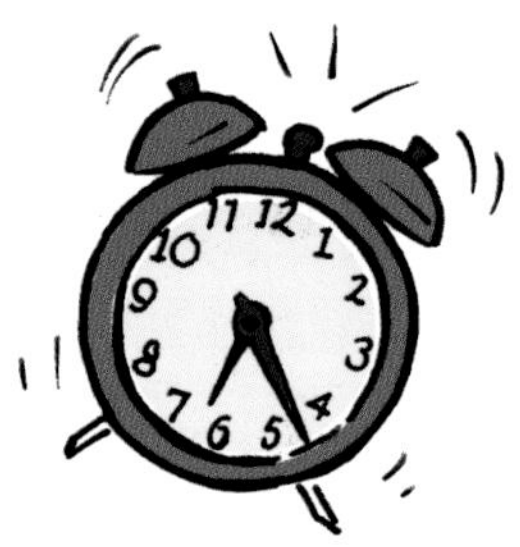

Waking up and realizing
you don't have to get up yet

눈을 떠 보니 아직 일어날 시간이 되지 않았을 때

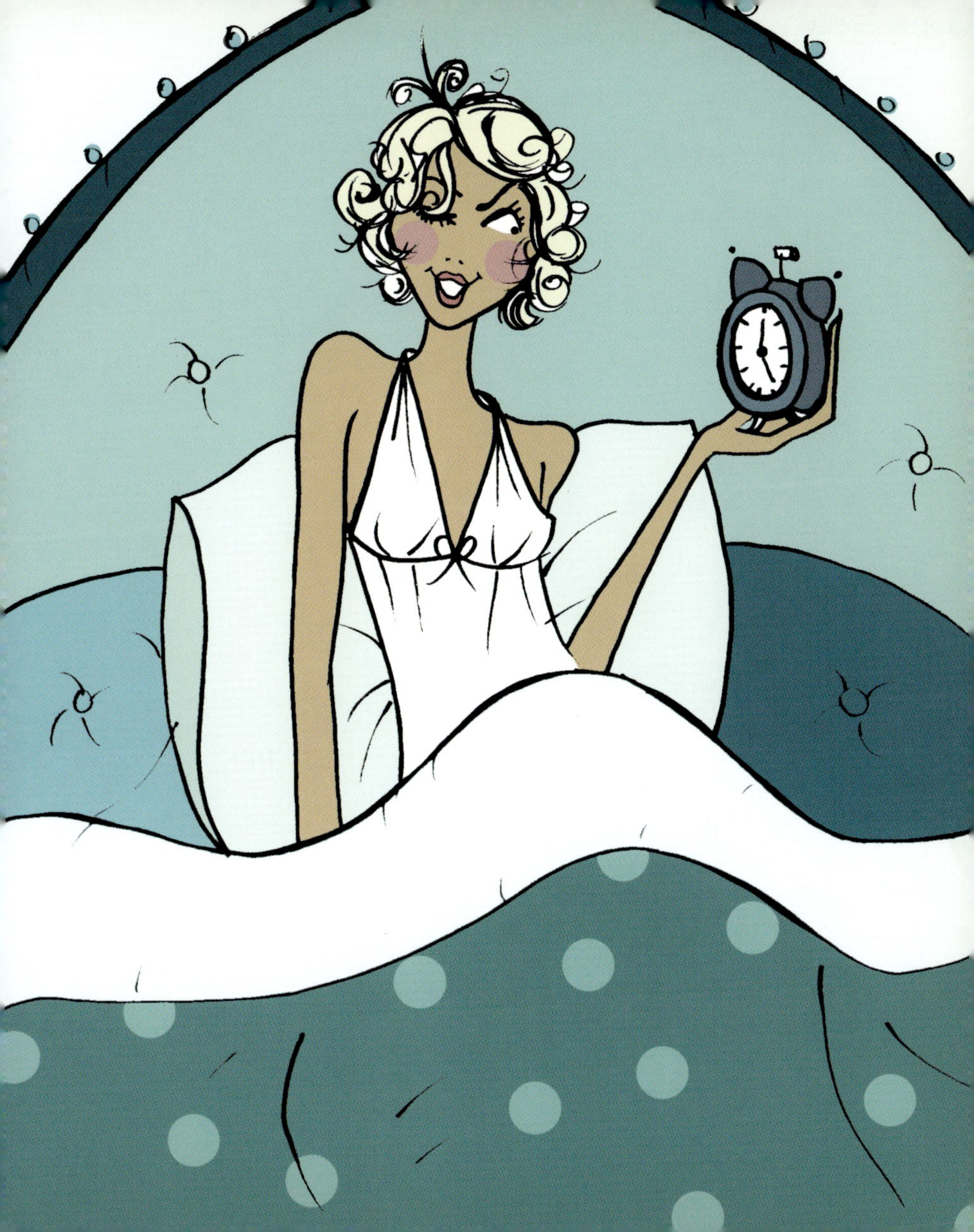

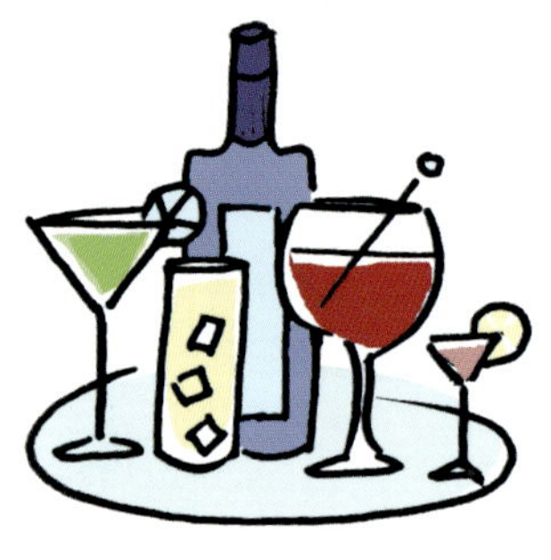

Throwing a fabulous party

환상적인 파티를 주최할 때

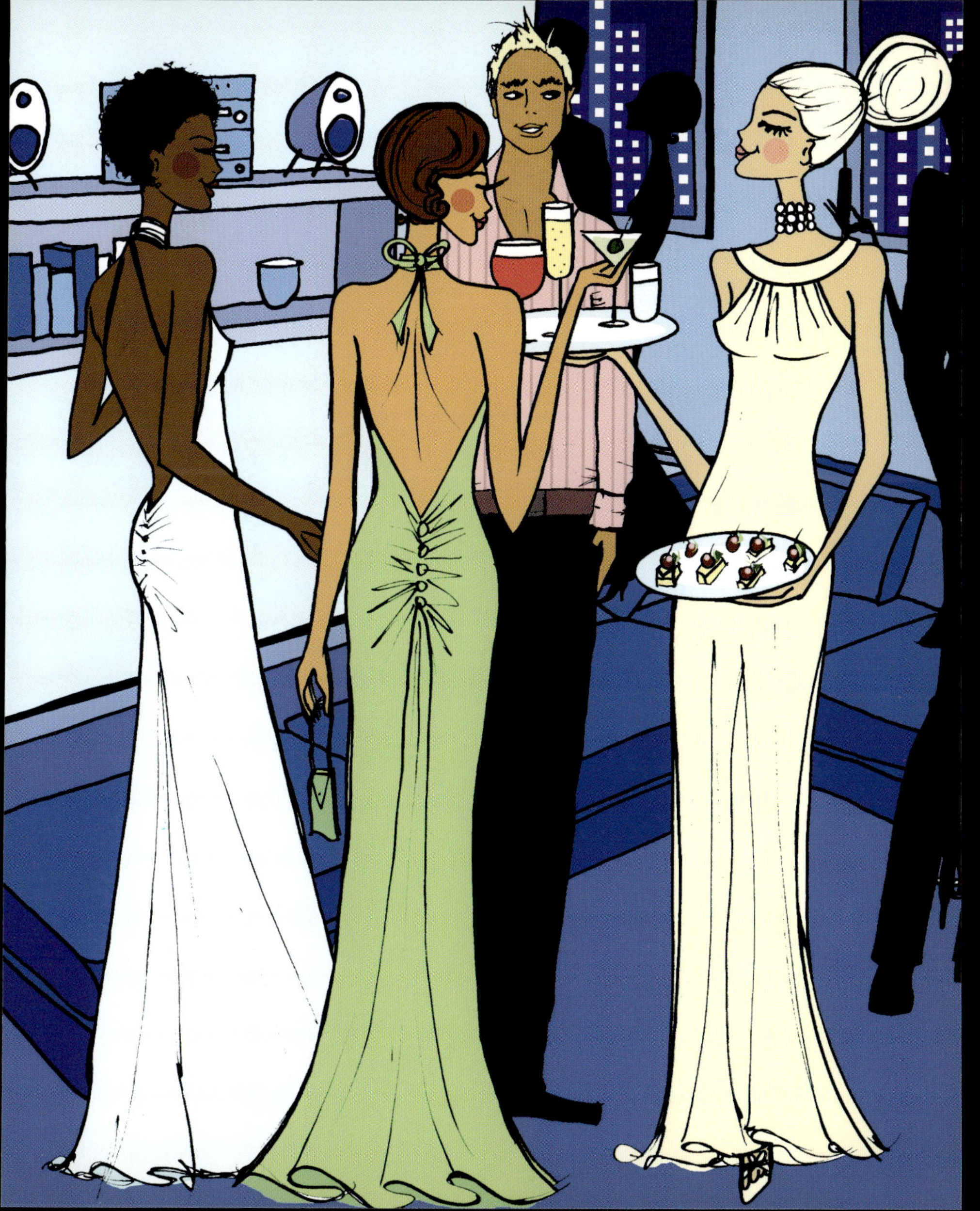

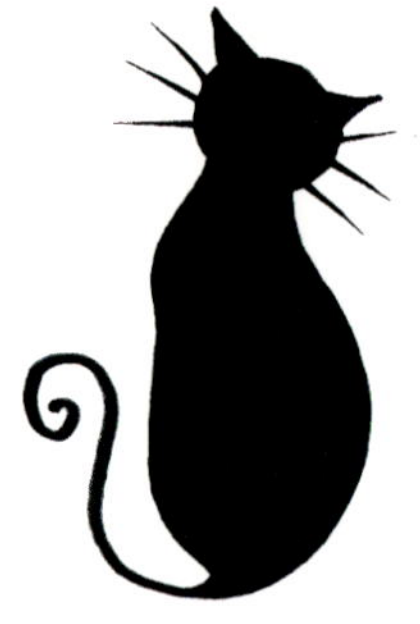

Watching the sun set

석양을 바라볼 때

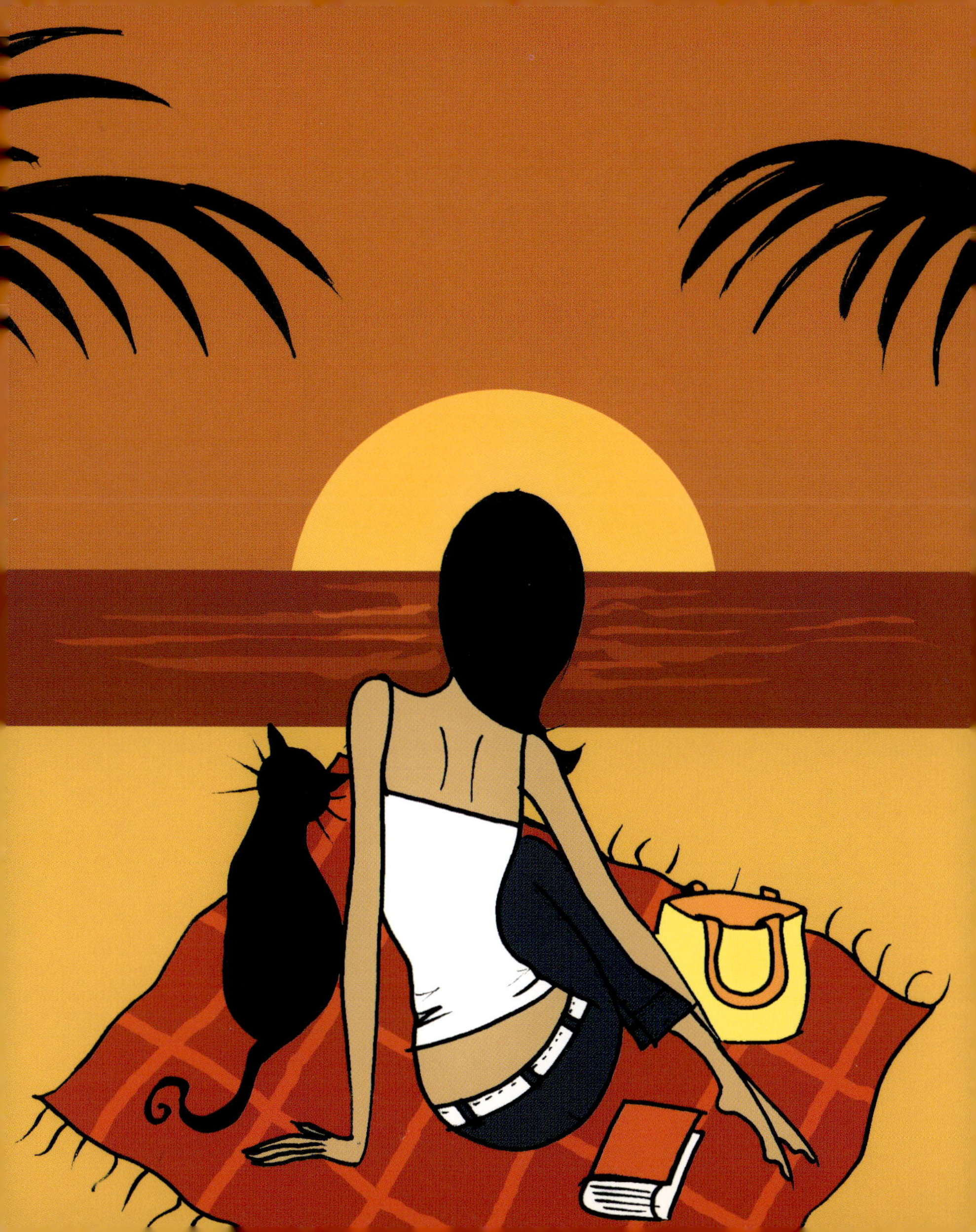

이럴 때 행복하지 않나요?
삶의 작은 기쁨들을 누려보세요.

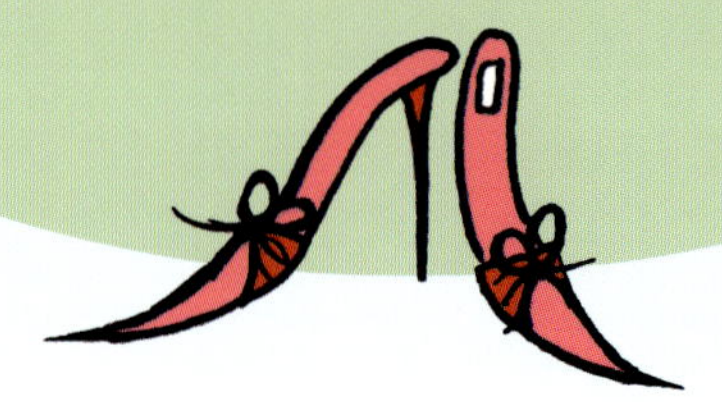

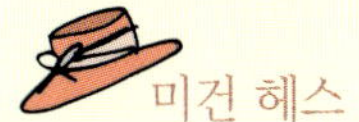

미건 헤스

인정받는 화가로 이 책의 글을 쓰고 그림을 그렸다. 그녀는 바닷가에서 살고 있으며 세인트 킬다(호주 멜버른의 부두) 해변을 하염없이 걷는 것과 엄마와 만나서 커피를 마시고 케이크을 먹으며 수다떠는 것을 가장 좋아한다.

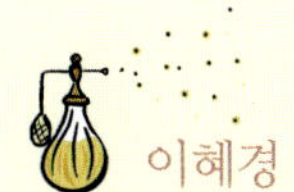

이혜경

문학작품에 풍부한 경험을 갖춘 번역가로 이 책을 옮겼다. 그녀는 서울에 살고 있으며 비 갠 후 물기 머금은 바람을 맞으며 걷는 것을 좋아하고 해가 좋은 날 이불 내다 널기, 연애소설 읽기와 놀러 가서 밤새워 수다떨며 노는 것을 가장 좋아한다.

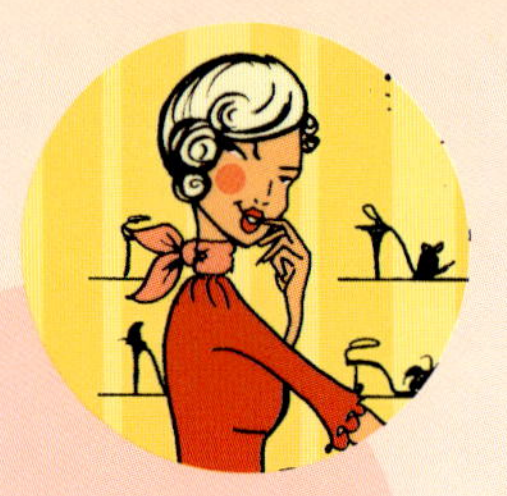
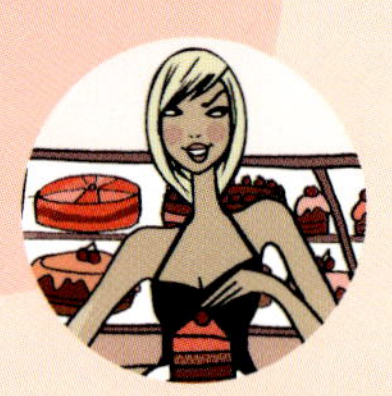
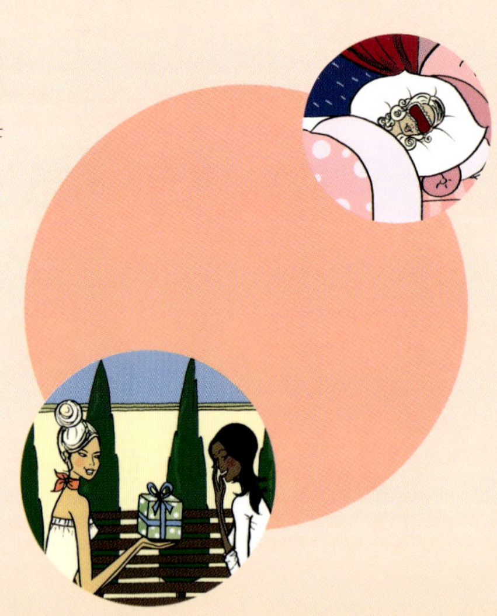

난 이럴 때 행복해
Life's Little Delights

초판 1쇄 인쇄 2004년 10월 1일
초판 1쇄 발행 2004년 10월 11일

글 · 그림 | 미건 헤스
옮긴이 | 이혜경

펴낸이 | 한순 이희섭
펴낸곳 | 나무생각
편집 | 신철호 노은주 김은정 이미경
마케팅 | 김선영

출판등록 | 1998년 4월 14일 제13-529호
주소 | 서울특별시 마포구 서교동 475-39 1F
전화 | 334-3339, 3308, 3361
팩스 | 334-3318
이메일 | tree3339@hanmail.net
namu@namubook.co.kr
홈페이지 | www.namubook.co.kr

ISBN 89-88344-91-X 03840

값은 뒤표지에 있습니다.
잘못된 책은 바꿔 드립니다.